KB197617

비정근

非情勤

비정근
감정 없는 비상근 교사

히가시노
게이고
장편소설

민경욱 옮김

하빌리스

非情勤

제1장

6×3

1

알람 시계 소리가 기분 좋게 자고 있던 나를 꿈나라에서 현실로 끌어냈다. 마음이 무거운 하루의 시작이다.

침대에서 느릿느릿 나와 잠옷 바람으로 아침 식사를 준비했다. 그렇다고 해서 아침부터 대단한 걸 먹을 생각은 없다. 토스트와 달걀에 커피뿐이다. 아내가 있으면 대신해 줄 수도 있겠으나 애석하게도 나는 싱글이고 아내가 될 예정인 여성, 즉 연인도 없다. 가령 있다 하더라도 지금의 나는 아내를 먹여 살릴 만한 능력이 없다.

다다미 여섯 장 크기의 좁은 단칸방에서 아침을 뚝딱 해치우며 TV의 아침 정보 프로그램에서 오늘 날짜를 확인한다. 유감스럽게도 9월 20일이 맞다. 우울한 매일의 시작인데 날은 맑다. 요즘 들어 웬일로 화창한 날이 이어지고 있다. 기분도 우울한데 비까지 쏟아지면 더 최악일 텐데 날씨만큼은 내 편이 되어 주는 듯하다.

아침 식사를 마치고 이를 닦고 세수하고 옷을 갈아입는다. 오늘도 찜통더위가 예상되지만 지독하게 더운 정장을 입어야 하고 넥타이까지 필수라 정말 지긋지긋하다.

이치몬지 초등학교가 오늘부터 내가 일할 직장이다. 거기서 5학년 2반을 가르친다. 담임이 출산 휴가를 받아 비상근 교사(우리나라의 기간제 교사 – 옮긴이 주)인 내게 일이 돌아왔다. 원래는 기뻐해야 할 일이겠으나 유감스럽게도 나는 태생적으로 일을 싫어한다. 돈은 못 벌더라도 좋아하는 일을 하고 싶다. 굳이 말하자면 교사라는 직업을 좋아하지 않는다. 대학교 3학년 때 취직은 이미 글렀다는 사실을 깨닫고 급히 노선을 바꾼 결과에 지나지 않는다.

비상근이라. 듣기 좋은 말도 아니고 오래 할 일도 아니다.

이치몬지 초등학교는 바로 옆에 신사가 있는 서민 마을의 조그맣고 오래된 학교다. 출근해서 일단 교무실로 가 교감에게 인사부터 했다. 도마뱀 같은 얼굴을 한 교감은 하야시다라는 이름의 남성이었다.

"그냥 편안히 지도하시면 됩니다. 무라야마 선생님이

느긋한 분이었던 터라 아이들도 익숙할 겁니다."

하야시다 교감이 코털을 뽑으면서 말했다.

무라야마는 이번에 출산 휴가를 간 교사다. 느긋한 사람은 당신 아니냐고 묻고 싶었으나 물론 입 밖으로 꺼내지는 않았다. 게다가 나 역시 죽어라 일할 생각은 털끝만큼도 없다. 정해진 기간 동안 잔소리 듣지 않을 정도로만 일하면 그만이다.

이후 하야시다 교감은 5학년 부장을 비롯해 다른 교사들에게 나를 소개해 줬다. 신입의 행동거지 정도는 숙지하고 있으므로 고개를 꾸벅꾸벅 숙이며 인사했다. 교사들의 이름을 반도 외우지 못했지만 어차피 상대도 내 이름을 모를 것이다. 무라야마 선생의 출산 휴가 기간인 3개월이 지나면 피차 안 볼 사이다. 비상근 교사는 계약 직원이나 마찬가지이므로 필요 이상으로 친해질 필요가 없고 어차피 환영회도 열어 주지 않는 신분이다.

인사를 다 끝내고 자리에 앉았다. 굳이 설명할 필요 없겠지만 내 자리는 원래 무라야마 선생의 자리다. 이 말인즉 책상 위쪽은 자유롭게 사용할 수 있으나 서랍을 여는 일은 매너에 어긋난다는 뜻이다. 그리 대단한 게 들어 있지 않을 테니 애당초 관심도 없다.

　재킷을 벗어 의자 등받이에 걸치는데 "몇 살이에요?" 하는 소리가 옆자리에서 들려왔다. 교단보다 슈퍼에서 세일 상품을 쫓아다니는 게 더 어울릴 듯한 마흔 넘은 뚱뚱한 아줌마가 보였다. 다행히 이 교사의 성이 하마구치라는 사실은 기억하고 있다.

　"스물다섯이요." 내가 대답했다.

　"그래요?" 하마구치 선생은 뭔가 하고 싶은 말이 있는 듯 내 얼굴을 뚫어지게 쳐다봤다.

　대학을 졸업한 지 여러 해가 지났는데 왜 비상근 교사로 일하는지 묻고 싶은 거겠지. 그럴 때는 추리 소설 작가가 꿈이라 응모작을 쓸 시간이 필요해서 이 일을 한다고 대답할 생각이다. 농담으로 알아들을지, 진심으로 받아들일지는 모르겠지만.

　하마구치 선생은 더 묻지 않고 대신 목소리를 낮춰 알려 줬다.

　"2반에 문제아가 두 명 있어요."

　"그래요?"

　"야마구치랑 사이토. 둘 다 남학생이에요."

출석부에서 이름을 확인했다. 야마구치 다쿠야와 사이토 쓰요시라는 이름을 찾을 수 있었다.

"아이들을 괴롭히나요?"

"맞아요. 바로 그거!"

하마구치 선생은 왼손으로 턱을 괴고 고개를 끄덕였다. 햇빛에 적당히 그을린 손이 반지를 끼는 약지 부분만 하얬다.

"무라야마 선생님한테 들었는데 애들 몇 명이 괴롭힘을 당하고 있대요."

"알고 계셨는데도 주의를 안 주신 건가요?" 드문 일도 아니죠, 라는 말은 꿀꺽 삼켰다.

"무라야마 선생님도 여러 번 주의를 줬죠. 하지만 순순히 들을 녀석들이 아니라서."

"그렇군요." 아무래도 조금 전 교감의 이야기는 그리 도움이 안 될 듯하다. "참고할게요. 조언 고맙습니다."

"그래요, 무리하진 마세요. 석 달만 무사히 넘기면 되니까." 그녀가 미소 지었다.

나는 고개를 끄덕였다. 그렇게 말하지 않아도 무리할 생각은 전혀 없다.

시작종이 울렸다. 드디어 첫 수업이다. 마음을 다잡았다.

—————
2

5학년 2반 교실 가까이 가니 안에서 시끌벅적한 소리
가 들려왔다. 원숭이들이 아주 요란을 떨고 있구나. 한숨
을 쉬며 문을 열었다. 교실에서 요란을 떨던 아이들이 이
쪽을 보더니 황급히 자리에 앉았다. 아이들이 놀란 표정
을 짓는 이유는 나를 모르기 때문일 것이다. 자리에 앉은
뒤에도 반 전체가 나를 열심히 바라보고 있다.

지금까지의 경험으로 이 순간이 중요하다는 사실을 잘
알고 있다. 여기서 자칫 만만하게 보이면 건방진 원숭이
무리가 다시는 내 말을 듣지 않는다.

간단하게 자기소개를 하고 바로 출석을 부르기 시작했
다. 농담을 던져 웃게 할 마음 따위 없고, 이 녀석들의 호
감을 살 필요 역시 없다. 예상이 빗나간 애송이들은 어이
없는 표정을 짓겠지. 기대해라.

야마구치 다쿠야와 사이토 쓰요시는 맨 뒷자리에 앉아

있다. 둘이 나란히 앉은 게 아니라 사이에 나가이 후미히코라는 남학생을 두고 있다. 출석을 부르는 동안에도 야마구치가 나가이에게 계속 말을 거는 모습을 놓치지 않았다. 아마 이 셋이 한 패일 것이다.

1교시는 국어였다. 교재는 나쓰메 소세키의 소설이다. 야마구치를 지명해 자리에서 일어나 읽으라고 하자 야마구치의 눈매가 사나워졌다.

"무라야마 선생님은 이런 거 안 시켰는데." 5학년치고 목소리가 굵다. 일어나니 다른 애들보다 확연히 덩치가 컸다.

"아닌 거 같은데?"

내가 되받아치자 야마구치는 입을 삐죽 내밀며 주위를 둘러봤다.

"안 시켰다고. 안 그래?"

대장 원숭이의 말을 들은 주위의 작은 원숭이들이 고개를 끄덕였다.

이 녀석들, 죄다 야마구치 조무래기들이구나. 한 방에 알아차릴 수 있었다.

"그래? 나는 읽힐 거야. 그리고 지금은 내가 담임이고.

자, 꾸물대지 말고 얼른 읽어."

야마구치는 눈을 부릅뜨고 나를 노려봤다. 기가 약한 교사라면 살짝 움찔할 눈빛이었으나 나는 그 눈길을 피하지 않았다. 이런 애송이가 나를 얕보게 둘 수 없지.

야마구치는 결국 포기했는지 책을 읽기 시작했다. 예상대로 형편없는 읽기 실력이라 중간중간 여러 번 정정해 줬다. 그때마다 야마구치가 나를 노려봤으나 완벽하게 무시했다.

제일 먼저 대장 원숭이를 제압한 게 효과적이었는지 첫날은 문제없이 끝났다. 애송이들은 얌전한 무라야마 선생이 얼른 돌아오기만을 간절히 바랐을 것이다. 집에 돌아가 자기 엄마에게 새로 온 비상근 교사가 별로라고 고자질할지도 모른다. 혹시 학교에 항의가 들어온다면 그건 그때 가서 생각하면 된다. 나는 내 할 일을 할 뿐이다. 지나치게 엄격한 편일지 모르나 해고될 일은 결코 하지 않는다.

학교를 나설 무렵부터 하늘이 영 심상치 않더니 역에 도착하기 전에 빗방울이 얼굴에 툭 떨어졌다.

이튿날은 아침부터 비가 내렸다. 날씨의 신이 이틀 연

속 서비스는 해 주지 않는가 보다.

학교에 도착할 무렵 비는 소강 상태였으나 운동장 여기저기에 생긴 물웅덩이를 보니 얼굴이 찌푸려졌다. 귀찮게 됐네.

1교시가 체육이었기 때문이다. 원래는 운동장에서 50미터 달리기를 시킬 계획이었다. 어찌해야 하는지 하마구치 선생에게 물어보러 교무실에 갔는데 보이지 않았다. 나는 자리에서 그녀가 나타나기를 기다렸다.

그런데 수업 시작 시간이 임박하도록 하마구치 선생은 나타나지 않았다.

"하마구치 선생님이 오늘 쉬나?" 학년 부장이 하마구치 선생의 자리를 보고 고개를 갸웃했다.

학년 부장에게 체육 시간에 어떡할지 물어봤다.

"아, 그럴 땐 체육관에서 피구를 하면 돼요. 비 오는 날은 대체로 그렇게 해요." 학년 부장이 말했다.

"체육용품은 체육관에 있나요?"

"네, 안쪽 용품 보관실에 다 있어요. 아, 열쇠는 어디 있는지 알아요?"

"네."

5학년 2반 교실로 가니 아이들은 이미 체육복으로 갈아입고 있었다. 피구를 할 거라고 하자 몇몇 아이들은 손뼉을 치며 좋아했다. 그중에는 야마구치와 사이토도 포함되어 있다. 원숭이가 왕 놀이를 좋아하는 모양이다.

일단 교무실로 돌아와서 열쇠를 가지고 체육관으로 향했다. 체육관은 강당을 겸하고 있고 정문 바로 옆에 위치해 있다. 입구 문을 열고 아이들을 들여보냈다. 체육관 내부는 어두웠으나 누가 스위치를 켰는지 금세 밝아졌다.

그때 이상한 일이 일어났다. 아이들이 입구 근처에 멈춰 서서 더 들어가려 하지 않았던 것이다.

"얘들아, 왜 그래? 거기 서 있으면 뒷사람이 못 들어가잖아."

내 말에 앞쪽 여학생이 돌아봤다.

"선생님, 누가 쓰러져 있어요."

"뭐?"

아이들을 헤치고 앞으로 나아갔다. 정말 체육관 한가운데에 사람이 있어서 황급히 달려갔다.

쓰러져 있던 사람은 하마구치 선생이었다. 하마구치 선생을 안아 일으키려다가 바로 손을 뺐다.

가슴에 피가 번져 있고 게다가 칼 같은 게 꽂혀 있었다.

"살인이야." 나는 낮게 중얼거렸다.

그런데 시신 옆에 기묘한 게 놓여 있었다. 점수판용 숫자 6과 3이었다. 그리고 두 숫자 사이에 돌돌 말린 홍·백 깃발이 X자 형태로 놓여 있었다.

3

담당 경찰서에서 온 네기시라는 형사는 체포하는 쪽보다 체포되는 쪽이 더 어울릴 정도로 인상이 험악했다. 나이는 마흔 정도일까. 단단하고 다부진 사각형 몸매에 커다란 얼굴도 각져 있었다. 차갑고 가느다란 눈이 관찰하듯 나를 응시하고 있다.

체육관 구석에 쌓아 둔 뜀틀을 의자 삼아 참고인 조사를 받았다. 내 옆에는 학년 부장과 교감이 앉아 있다. 둘 다 낯빛이 좋지 않고 교감은 대머리까지 창백하다.

시신을 발견할 때까지의 경위를 다 듣고 나서 네기시 형사는 얼굴을 찡그리며 볼펜 뒤로 머리를 긁었다.

"숫자와 깃발 말인데요. 어떻게 생각하십니까?"

"뭘요?"

"시신을 발견했을 때부터 저렇게 놓여 있었던 거죠?"

"아까 그렇게 말씀드렸잖아요."

"네, 그러셨죠. 근데 평소에는 저런 것들이 밖에 나와 있지 않죠?"

"아마도요." 교감을 힐끔 쳐다봤다. "저는 어제 막 부임한 터라 단언할 순 없지만요."

"평소에는 용품 보관실에 보관돼 있습니다." 교감이 서둘러 말했다.

네기시 형사는 아랫입술을 내밀고 미간을 찌푸렸다.

"저건 무슨 뜻입니까?"

"6 곱하기 3." 내가 말했다.

형사가 놀라서 눈을 부릅떴다. "네?"

"「6×3」이라고요. 엇갈려 놓은 깃발이 곱하기 표시처럼 보이잖아요."

"아!" 네기시 형사는 드디어 이해한 듯 턱을 문질렀다.

"듣고 보니 그러네요. 그렇다면 「6×3」에 관해 뭔가 짚이는 게 있습니까?"

"없어요." 나는 곧바로 고개를 가로저었다. "그런 식으로 보였을 뿐이에요."

"부장 선생님이나 교감 선생님은 어떠십니까?" 형사는 교감과 학년 부장의 얼굴을 번갈아 봤다.

그러나 두 사람도 잠자코 고개를 흔들 뿐이다.

형사는 한숨을 쉬고 말했다.

"뭔가 의미가 있어 보여서요. 살해된 하마구치 선생님이 어떤 메시지를 전하려 한 건 아닐까 하고."

"다잉 메시지 같은 건가?" 나는 추리 소설에서 자주 사용하는 단어를 내뱉었다.

네기시 형사는 살짝 기분 나쁜 표정을 지었다. 실제 사건을 소설처럼 언급하지 말라는 뜻일까.

"그나저나 체육용품 보관실은 가 보셨습니까?" 형사가 체육관 반대쪽 구석을 손으로 가리키며 내게 물었다.

그곳에는 체육관에서 운동할 때 필요한 다양한 용구가 보관되어 있다고 한다. 그러나 부임 이틀째인 나는 아직 안을 들여다보지 못했다. 있는 그대로 형사에게 답했다.

"그렇다면 안쪽 상황을 전혀 모르시겠네요."

"왜요?" 교감이 질문했다.

"그게, 좀 이상합니다. 같이 가 보시죠."

형사의 말에 다 같이 일어섰다. 체육용품 보관실에 몇몇 경찰들이 드나들고 있었다.

네기시 형사의 뒤를 따라 안에 들어가자마자 소리를 내지 않을 수 없었다.

"앗!"

"난리죠?" 네기시 형사가 돌아봤다.

내부는 아주 엉망이었다. 제일 먼저 탁구공이 눈에 들어왔다. 탁구공은 마치 깨진 달걀 껍데기처럼 찌그러져 바닥에 어질러져 있었다. 게다가 축구공이며 피구공도 칼 같은 걸로 찢겨져 있고, 선반 위의 배드민턴 셔틀콕은 깃털이 다 뽑혀 있었다.

"이게 다 뭐야……?" 학년 부장이 내 옆에서 중얼거렸다.

"어제까지는 이렇지 않았겠죠?"

학년 부장과 교감은 형사의 질문에 나란히 고개를 끄덕였다.

"그렇다면 이것도 범인 짓인가?" 네기시 형사는 팔짱을 끼고 내부를 둘러보며 혼잣말처럼 중얼거렸다.

"내 참!" 교감도 내 옆에서 중얼거렸다. "이걸 다 새로 사려면 도대체 얼마야?"

나도 모르게 교감 선생의 도마뱀 같은 얼굴로 시선이 갔다. 교사가 살해당했는데 체육용품 예산이 더 걱정되는 모양이다.

그때 젊은 형사가 다가와 네기시 형사의 귓가에 대고 뭔가를 속삭였다. 네기시 형사는 고개를 끄덕이고는 "바로 갈게."라고 말했다. 그러고는 우리를 봤다.

"하마구치 고조 씨가 오셨답니다. 인사하시겠습니까?"

"하마구치 고조 씨요?" 교감이 고개를 갸웃했다.

"하마구치 선생님의 남편분입니다."

"아, 네." 교감이 고개를 끄덕이고 학년 부장과 나를 봤다.

"내가 인사하고 오겠네."

다행이라고 생각했다. 나는 장례식에서 유가족에게 조의를 건네는 일이 제일 힘든 사람이다. 하물며 이런 상황에서는 어떤 표정을 지어야 할지 모르겠다. 잘 부탁드린다며 학년 부장과 함께 고개를 숙였다. 뭐, 교감도 이럴 때 존재감을 드러내야 교사들에게 무시당하지 않으리라고 생각했을 것이다.

나와 학년 부장은 체육용품 보관실을 나와 체육관 출구로 향했다. 네기시 형사와 교감은 조금 전까지 우리가 앉아 있던 뜀틀 쪽으로 걸어갔다. 그곳에는 갈색 정장을 입고 금테 안경을 쓴 남자가 형사들과 함께 앉아 있었다. 손수건을 이마에 댄 채 엉엉 울고 있다. 아무래도 저 사람이 하마구치 고조인 듯하다.

4

이날 이치몬지 초등학교는 수업을 할 만한 상황이 아니었다. 경찰들이 교내를 어슬렁거렸고, 어디서 냄새를 맡은 건지 TV 방송국 사람들이 학교 주위로 몰려들었다. 그걸 본 바보들은 요란법석을 떨어 댔다.

임시 직원 회의가 열리고 평소대로 수업을 하라는 지시가 떨어졌으나 이런 상황에서 아이들을 진정시키라니 말도 안 되는 요구였다. 창밖에서 무슨 소리가 날 때마다 교실이 술렁여 제대로 수업을 진행할 형편이 아니었다.

점심시간 무렵이 되면서 경찰 관계자들은 대부분 물러 갔다. 언론도 교장이 뭐라고 한마디 했는지 일단 모습을 감췄다.

급식을 끝내고 교무실에서 다음 수업을 준비하고 있는 데 사건을 두고 교사들이 이러쿵저러쿵 말을 옮기는 소리가 들렸다. 그 가운데에는 사건의 개요를 파악하는 데 참고할 만한 이야기도 있었다.

그에 따르면, 하마구치 선생을 마지막으로 만난 사람은 야마다라는 남교사로 어젯밤 8시경 함께 교무실을 나왔 다. 다만 학교 건물을 나올 때까지만 동행했다고 한다. 하 마구치 선생이 갑자기 "체육관 뒤에 우산을 두고 왔어." 라며 체육관으로 갔기 때문이다. 어제 방과 후 그녀가 체 육관 뒤쪽 화단을 살펴보러 갔는데 그때는 우산을 들고 갔다고 한다. 어제의 날씨를 떠올렸다. 저녁 이후로는 이 슬비가 그친 상태였으므로 우산을 놓고 오기 쉬운 상황 이었다.

문제는 하마구치 선생이 왜 체육관 안에 있었냐는 점 이다. 체육관 뒤에 놔둔 우산을 가지러 간 거라면 굳이 안 까지 들어갈 필요는 없다. 게다가 어떻게 들어갔는지 또

한 의문이다. 방과 후 체육관은 잠겨 있기 때문이다. 단, 그에 관해서는 한 가지 추론할 만한 정황이 나왔다. 체육관 뒤쪽 창문 하나가 깨져 있었고 그 창문 아래 하마구치 선생의 구두와 우산이 놓여 있었다고 한다.

하마구치 선생이 창문을 깨고 침입했을 것 같지는 않다. 그렇다면 누가 창문을 깼을까. 아무래도 범인의 소행이라고 생각하는 게 타당할 것이다.

하마구치 선생이 우산을 가지러 갔다가 깨진 창문을 발견하고 체육관 안에 이상이 없는지 확인하려 한 게 아닐까. 경찰은 이렇게 생각하고 있는 듯하다. 입구는 잠겨 있었으므로 그녀도 어쩔 수 없이 깨진 창문으로 들어갔을 것이다.

범인은 창문까지 깨 가며 체육관에 침입해서 도대체 뭘 할 작정이었을까. 상황으로 보건대 체육용품들을 망가뜨리는 게 목적이었을 텐데 그 장면을 하마구치 선생이 목격하는 바람에 충동적으로 그녀를 살해하고 도주했다는 게 현재 경찰의 추리일 것이다.

누가 왜 체육용품 보관실을 그토록 엉망으로 만들었을까. 경찰은 아직 관련된 단서를 잡지 못한 듯하다. 사건을 두고 떠들던 교사들도 전혀 짚이는 구석이 없는 모양이다.

5교시 수학 수업 때 쪽지 시험을 치려고 했다. 예상대로 아이들은 주절주절 불만을 늘어놓았다. 하마구치 선생 사건을 얘기해 달라는 녀석도 있었는데 대답하지 않고 무시했다. 최근 TV와 게임의 영향으로 살인 사건이라는 말에 현실감 대신 호기심을 드러내는 애송이들이 늘었다.

시험을 보는 동안 교단 의자에 앉거나 창가에 서서 아이들을 살폈다. 정교사는 이럴 때 몰래 졸기도 한다는데 비상근 교사에게는 그런 사치를 부릴 권리가 없다. 일반 교사는 학교가 보호해 주겠지만 나는 바로 잘릴 테니까. 게다가 나쁜 소문이라도 돌게 되면 일이 안 들어올 수 있다. 일은 싫지만 일이 없으면 생활이 곤란해진다.

시험이 시작되고 10분쯤 지났을 때였다. 뒷자리에서 야마구치 다쿠야와 사이토 쓰요시가 수상한 움직임을 보였다. 대놓고 커닝 중이었다. 내가 창밖을 본다고 방심한 모양인데 애석하게도 나는 카멜레온처럼 곁눈질을 잘한다. 지금까지 이 기술로 얼마나 많은 바보들의 커닝 현장을 잡았는지 모른다.

야마구치 일당의 커닝 방법은 가운데 있는 나가이 후미히코의 답안지를 훔쳐보는 지극히 초보적인 것이었다. 야마구치와 사이토가 옆에서 답이 뭐냐고 물으면 나가이가 그 애들에게 잘 보이게 답안지를 내주었다. 아무래도 나가이는 그럭저럭 공부를 잘하는 편인 듯하다.

모른 척하고 천천히 뒤로 걸어갔다. 순간 야마구치와 사이토가 움직임을 멈췄다. 세 사람 뒤에 서서 셋의 답안을 들여다봤다. 예상대로 그들의 답은 전부 똑같았다. 한심하게 틀린 문제까지 똑같았다.

부정 행위를 들켰다고 생각했는지 아이들은 꼼짝하지 않고 있었다. 이 녀석들을 어떻게 요리할지 생각했다. 그저 교무실로 불러 설교나 하는 건 따분하다.

그런 생각을 하고 있는데 뭔가가 데굴데굴 굴러왔다. 나가이의 지우개였다. 허리를 굽혀 지우개를 줍다가 나가이의 긴 바짓단에 있는 하얀 뭔가를 봤다. 작은 종잇조각인 줄 알았는데 아니었다.

순간 머릿속에서 뭔가가 번뜩했다. 나가이의 책상 위에 지우개를 놓고 반 전체 아이들에게 다 들리도록 말했다.

"6교시에는 1교시 때 못 한 체육 수업을 할 거야. 당번은 피구공을 준비해."

무뚝뚝한 비상근 교사가 갑자기 예상치 못한 소리를 해서인지 아이들의 반응이 둔했다. 함정이라도 있는 게 아닌가 싶어 불안한 표정으로 서로의 얼굴을 바라보고 있다.

"왜? 피구 안 하고 싶어?"

물어보니 제일 앞자리에 앉은 아이가 되물었다.

"피구 해도 괜찮아요?"

"응, 그러니까 준비해."

잠시 뒤 아이들의 환호성이 터졌다. 나는 야마구치 무리를 봤다. 야마구치와 사이토 사이에서 나가이가 고개를 떨구는 모습이 보였다.

———

5

비는 이미 그쳤다. 아이들에게 6교시가 되면 체육복으로 갈아입고 옥상에 가서 피구를 하라고 지시했다. 옥상에서 가벼운 운동을 시키기도 한다는 사실을 점심시간에 학년 부장에게 들어 알고 있었고, 오후에 납품업자가 축구와 피구 장비도 보내왔다.

6교시 시작종이 울렸으나 바로 옥상으로 가지 않고 교무실에 앉아 있었다. 피구 정도라면 별다른 사고는 일어나지 않을 테니 아이들끼리 하라고 지시하고 개인 업무를 보는 교사가 많다는 사실도 학년 부장에게 들었다. 살해당한 하마구치 선생도 자주 그랬다고 한다. 평소의 나라면 그대로 따랐을 텐데 오늘은 사정이 조금 다르다.

10분쯤 있다가 자리에서 일어났다. 학교 건물의 맨 위층까지 계단을 올라가서 옥상으로 나가는 문을 살짝 열었다.

아이들이 즐겁게 피구를 하는 것처럼 보였다. 소리를 지르며 뛰어다녔다. 웃음소리도 들렸다. 그러나 자세히 보니 단순히 피구를 즐기는 게 아니었다.

반 전체가 둘로 나뉘어 경기를 하고 있는데 한쪽 팀에서 살아남은 사람은 나가이 후미히코 한 명뿐이다. 그런데 야마구치 다쿠야가 이끄는 상대 팀은 도통 나가이에게 공을 던지려 하지 않는다. 공을 던지지 않고 자기네 팀끼리 돌리며 나가이가 도망치게 할 뿐이다. 나가이가 공을 맞을 수 있는 곳에 서 있어도 절대 맞히지 않는다.

그동안 나가이가 속한 팀을 이끄는 사이토 쓰요시가 고함을 쳐 댔다.

"야, 나가이! 왜 멈추는 거야. 일부러 공에 맞으면 가만 안 둬!"

나가이는 호통에 쫓겨 완전히 지친 몸을 끌고 도망 다녔다. 다른 애들은 그 광경을 보며 깔깔대고 웃었다.

예상대로군……

문을 열고 밖으로 나갔다. 이쪽을 본 아이들이 놀란다. 다른 선생님들처럼 나도 나타나지 않으리라 예상했을 것이다.

당황한 아이들 사이를 지나 나가이 후미히코에게 다가갔다.

"왜 반격 안 해? 너가 얘네 장난감이야?"

나가이는 아무 말없이 고개를 떨구고 있다.

"됐다. 너는 잠깐 나랑 볼일이 있으니 같이 가자. 다른 사람들은 계속 피구 하고."

나는 나가이의 어깨에 손을 얹고 걷다가 곧바로 걸음을 멈추고 돌아봤다.

"너희들 정말 최악이다."

이 말에 많은 애들이 고개를 떨궜다. 그러나 야마구치 다쿠야와 사이토 쓰요시는 부루퉁한 얼굴로 고개를 돌릴 뿐이다. 근성부터 썩은 녀석들에게는 무슨 말을 해도 소용없다. 그야 당연하다. 옛날부터 저런 애들이 있었다. 그걸 교정하지 못해서 지금 멍청한 어른들만 존재하는 것이다. 뒤집어 말하면 녀석들은 그 어른들을 보며 흉내를 내고 있을 뿐이다. 어른들의 사회에 편견과 차별이라는 괴롭힘이 있는 한 아이들의 괴롭힘도 사라지지 않는다.

나가이를 교실로 데리고 갔다. 남학생들 책상 위에는 각자 자기 옷이 놓여 있다. 여학생들의 옷이 없는 이유는 전용 탈의실에서 갈아입기 때문이다.

"이런 일을 당하기 싫어서 체육용품 보관실에 숨어들었어?" 나가이에게 물었다.

나가이는 깜짝 놀란 얼굴로 나를 올려다봤다.

"체육용품 보관실에 몰래 들어가서 공을 다 찢어 놓고 엉망으로 만든 사람이 너 맞지?"

"저 아니에요……." 아이는 모깃소리 같은 목소리로 발뺌하려 했다.

"그냥은 못 넘어갈 거야. 어차피 증거도 있고."

나가이의 책상 위에 놓인 긴 바지를 집어 들고 바짓단 안에 손가락을 넣어 하얀 물체를 빼냈다.

"봐! 배드민턴 셔틀콕 깃털이야. 체육용품 보관실에도 이 깃털이 흩어져 있었어. 네가 범인이 아니라면 이런 게 왜 여기 들어 있을까?"

나가이는 눈을 부릅떴다. 얼굴이 점점 붉어지더니 이윽고 눈물이 차올랐다.

"거기 몰래 들어간 사람 너 맞지?" 나답지 않게 다정한 목소리로 다시 물었다.

나가이가 고개를 까딱하고 푹 숙이더니 어렵사리 속마음을 털어놓기 시작했다.

나가이 후미히코는 문제아 그룹의 일원이 아니라 피해자였다. 아이를 주도적으로 괴롭힌 가해자는 야마구치와 사이토다. 나가이를 샌드위치처럼 그들 사이에 끼어 앉힌 이유도 괴롭히기 쉽게 하려던 것이다.

그런데 두 사람만 나가이를 괴롭힌 건 아니다. 다른 애들도 녀석들의 명령을 따라 괴롭힘에 가세했다고 한다. 말을 듣지 않았다가 다음 타깃이 될까 두려워 아무도 그 애들의 말을 거역하지 못했다.

　왕따 피구도 괴롭힘의 일부였다. 사건이 있었던 날 밤 나가이는 다음 날 비가 오면 체육관에서 피구를 하리라 예상했고, 이를 막기 위해 피구공을 전부 찢어 버리자고 생각했던 것이다. 즉, 체육관 창문을 깬 사람은 나가이였다. 체육용품 보관실 전체를 어지럽힌 이유는 피구공만 찢어 놓으면 자신이 범인인 걸 들키리라 생각했기 때문이다. 아이치고 고민을 꽤 많이 했다.

　"보관실을 나오려는데 밖에서 이야기 소리가 들렸어요. 싸우는 것 같더라고요. 들키면 안 될 것 같아서 가만히 있다가 얼마 후 조용해져서 밖으로 나왔더니 누가 피를 흘리며 쓰러져 있었어요."

　"하마구치 선생님이었구나?"

　"너무 놀라고 무서워서 도망치려고 했어요. 선생님은 이미…… 죽은 것 같았거든요."

　"하지만 아직 살아 있었던 거지?"

　"몸을 움직이길래 그런 줄 알았어요. 그래서 누굴 부를까요, 라고 물어봤는데 아무 말도 안 했어요."

　말하지 않은 게 아니라 말할 수 없었을 것이다. 사람들은 잘 모르지만 목소리를 내는 데는 의외로 많은 체력이 필요하다.

"대신 오른 손가락으로 뭔가를 바닥에 적기 시작했어요. 그래서 자세히 보니까……."

"선생님이 뭐라고 썼어?"

"6 곱하기 3이라고요……. 그렇게 쓰고 축 늘어지더니 더는 움직이지 않았어요. 무슨 뜻인지 몰라서 그냥 도망치려고 했어요. 하지만 선생님이 아주 중요한 걸 썼을지도 모르잖아요. 그냥 넘어갈 수 없었어요."

시체가 눈앞에 있어서 정말 무서웠을 텐데 용케 마음을 고쳐먹었구나. 살짝 감동받았다.

"그래서 점수판 숫자랑 깃발을 놔둔 거야?"

"필기도구가 없었어요. 어떻게 해야 할까 고민하다 그렇게 해 두면 선생님이 하고 싶었던 말이 전해질 것 같아서……."

"그랬구나."

나는 칠판 앞에 서서 분필로 「6×3」이라고 적었다.

"무슨 뜻이었을까? 수학이라도 생각하셨나?"

나가이가 고개를 저었다.

"수학은 아닐 거예요."

"어! 왜 그렇게 생각해?"

"그게, 야마구치 선생님은 그런 식으로 안 썼거든요."

"어떻게 썼는데?"

나가이는 내 옆으로 와 분필을 잡았다. 그러고는 칠판
에 「육×삼(六×三)」이라고 세로로 썼다.

"이렇게 썼어요."

"흠, 육 곱하기 삼. 한자였구나. 그럼 수학이랑은 관계
가 없겠네."

"체육용품 보관실에 한자로 된 숫자가 없어서 숫자 6이
랑 3을 썼어요."

"그랬구나."

칠판에 적힌 글자를 다시 봤다. 육 곱하기 삼, 이라고
입속으로 중얼거렸다. 다음 순간 웃음을 터뜨렸다. 나가
이가 놀란 얼굴로 올려다봤다.

"걱정 마. 선생님이 정신이 나간 건 아니고. 너무나 그
럴듯한 얘기가 떠올라 재밌어서 그랬어. 육 곱하기 삼이
라. 굉장한데?"

"무슨 소리예요?"

의아해하는 나가이를 내려다보며 빙그레 웃었다.

"사건을 해결했다는 소리."

6

나가이 후미히코에게 「6×3」에 대한 이야기를 들은 다음 날 하마구치 고조가 범행을 자백했다. 실은 경찰도 하마구치 고조를 의심하고 있었단다. 알리바이가 분명치 않았고 하마구치 선생의 몸에 그의 모발이 붙어 있었기 때문이다. 그러나 아내의 몸에서 남편의 모발이 나온 게 수상한 일은 아니라 체포하지 못했다.

그만큼 나가이 후미히코의 증언은 귀중했다. 형사가 다잉 메시지의 의미를 들려준 순간 하마구치 고조는 체념하고 자백했다.

하마구치 고조에 따르면 부부 사이에 이혼 이야기가 오가는 중이었다고 한다. 고조의 불륜이 그 원인이었다. 하마구치 선생은 그에게 상당한 액수의 위자료를 요구했다. 그 순간 그녀의 손가락에 있던 하얀 결혼반지 자국이 떠올랐다.

그날 밤 고조는 학교 옆에서 아내를 기다리고 있었다. 어떤 구실로든 차에 태워 인적 없는 곳에서 죽여 버리려고 했다. 위자료를 주기 싫었고 그녀의 명의로 된 집을 잃는 것도 아까웠다. 부부의 집은 원래 하마구치 선생의 부모님 집이었다.

하마구치 선생이 동료와 헤어진 후 체육관 쪽으로 향하는 걸 본 하마구치 고조는 곧바로 그녀를 미행했다.

그 시간에 체육관 안에서는 나가이가 체육용품 보관실을 어지럽히고 있었다. 하마구치 선생은 창문이 깨진 걸 발견하고 내부 상황을 확인하기 위해 창문을 통해 안으로 들어갔다.

하마구치 고조도 따라 들어갔다. 체육관 안이 캄캄해 여기서 그녀를 살해하면 이튿날까지 발견되지 않을 것 같았다고 한다.

하마구치 선생은 누군가 자신의 뒤를 따라 들어온 사실을 알아차리고 비명을 질렀다. 심지어 그 사람이 남편임을 알고는 격렬하게 소리치기 시작했다. 아마도 신변에 위협을 느꼈으리라.

하마구치 고조는 마음을 단단히 먹고 숨기고 있던 칼을 꺼내 정신없이 아내를 공격했다.

그는 아내가 숨이 끊어지는 순간을 제대로 확인하지 않았다. 또 체육용품 보관실에 누군가 숨어 있으리라고 전혀 예상하지 못했다.

"남편분이 범인이라니." 교감은 한숨을 쉬었다. 살인자에게 '분'이라는 말까지 붙여 주다니.

이곳은 교장실이다. 내가 「6×3」에 대해 설명하러 경찰서에 갔을 때 자세한 사정을 형사에게서 듣고 학교로 복귀하자마자 보고하게 된 것이다.

"그런데 육 곱하기 삼의 의미는 뭔가요?" 교감이 질문을 던졌다.

"육 곱하기 삼이 아니었습니다. 하마구치 선생님은 범인의 이름을 쓴 거였습니다."

"이름?"

"하마구치 선생님은 이렇게 썼습니다." 교장의 책상 위에 놓인 메모지에 볼펜으로 '교삼(爻三)'이라고 적고 교감과 교장에게 보여 주었다. "이렇게 썼습니다. 고조. 범인의 이름이요."

교감과 교장은 거의 동시에 "앗!" 소리를 내며 입을 벌렸다.

"이제 아시겠죠? 교(爻)라는 한자를 분해하면 육(六)에 곱하기(×)를 한 것처럼 보입니다. 그 밑에 숫자 삼(三)까지 있으니까 나가이는 당연히 육 곱하기 삼으로 이해한 겁니다."

내 설명에 교감은 팔짱을 끼고 신음했다.

"음, 그런 거였나? 듣고 보니 간단하네. 나가이가 잘못 보지만 않았어도 바로 알았겠어."

"나가이도 제정신이 아니었겠죠."

"그래도 교통 할 때 '교'잖아. 5학년이면 알았어야지."

나는 어깨를 으쓱했다. 당신이라면 그럴 때 어떻게 할 것 같냐고 묻고 싶었다. 하마구치 선생이 쓰러져 있는 걸 보자마자 도망치지 않았겠어?

"나가이라는 학생한테 어떤 처분을 내려야 할지 모르겠어. 아무리 범인 체포에 공을 세웠다고 해도 체육용품 보관실을 망친 일은 처벌해야 하는데." 교장이 앉은 채 교감을 올려다봤다.

"당연히 처벌해야죠." 교감이 고개를 까딱까딱 끄덕

인다.

"지금 더 중요하게 생각할 건," 두 사람을 번갈아 노려
보며 말했다. "처벌보다 괴롭힘 문제일 듯한데. 두 분께는
역시나 세상의 시선이 우선인가 봐요?"

내 말에 교장과 교감은 마뜩잖은 표정으로 입을 다물
었다.

교장실을 나와 창문 너머로 운동장을 봤다. 나가이 후
미히코가 몇몇 반 애들에게 둘러싸여 있는 게 보였다. 또
괴롭힘을 당하는 건가 싶었는데 아무래도 아닌 듯하다.

"경찰차 굉장하다니까! 안에 막 컴퓨터 같은 게 쌓여
있고 엄청난 검색 기능도 있어. 무전기도 완전히 달라. 그
런 거 처음 봤어."

아이들이 선망의 눈빛으로 나가이의 열변을 듣고 있
다. 나가이의 얼굴은 의기양양했고 말투에서도 자신감이
묻어 나오고 있었다.

그래, 그래, 그렇게 하면 돼. 나는 속으로 응원을 보냈다.

2장

1/64

1

계단을 올라 복도 모퉁이를 돌았다. 5학년 3반 교실 앞에서 여학생 세 명이 여전히 수다를 떨고 있다. 시작종이 울렸으므로 원칙대로라면 자리에 앉아 선생님이 오기를 얌전히 기다려야 하는 상황이다. 하지만 아이들은 내가 가까이 온 것도 모르고 대화에 열을 올렸다. 한 아이가 신문을 들고 있었는데 그 신문 기사에 대해 얘기하고 있는 모양이다.

"아까워. 거의 다 왔는데."

"맨날 거의 다 와서 마지막 하나를 놓친다니까."

"64분의 1이라 어렵다."

"그러니까. 64분의 1."

무슨 말인지 알아들을 수 없었다. 아이들은 특별히 즐거워 보이지도, 심각해 보이지도 않았다.

"64분의 1이 뭔데?"

내가 말을 걸자 셋은 깜짝 놀라며 나를 봤다. 그러고는 수업 시작 후에 복도에서 수다를 떨고 있던 자신들의 행동에 대해 딱히 민망해하지 않고 킥킥대며 교실로 들어갔다.

나도 여학생들을 따라 교실로 들어갔다. 돌아다니며 떠들던 아이들이 나를 보자 허둥지둥 자기 자리로 돌아간다. 교단에 섰을 때 교실은 조용해져 있었다.

당번 남학생이 "일어나!"라고 외치니 그에 맞춰 전원이 일어난다. "인사!"라는 구호에 따라 "안녕하세요." 하는 목소리가 들린다. 이어서 "앉아!"라는 소리에 일제히 자리에 앉는다. 늘 하는 의식이다.

출석을 불렀다. 6월 2일 월요일, 5학년 3반은 서른두 명 전원이 출석했다. 1교시는 수학이다. 농담으로 분위기를 풀어 주는 일 없이 곧장 수업을 시작했다. 아이들도 지난 일주일 동안 내 스타일을 파악해 진저리를 내면서도 순순히 교과서와 노트를 꺼냈다.

이곳 니카이도 초등학교 5학년 3반 담임 교사가 지난달에 갑자기 병이 나서 입원하는 바람에 비상근 교사인 내가 불려 나왔다. 입원 기간이 얼마나 될지 아직 알 수 없으나 일단 여름 방학까지 근무하기로 되어 있다.

니카이도 초등학교는 상가가 많은 서민 마을 안에 있어서인지 장사를 하는 학부모들이 많다. 고상하다고는 할 수 없으나 그렇다고 거칠지도 않은, 내 기준으로 중하 정도 등급의 학교다.

기계적으로 수학 수업을 진행했다. 다른 건 몰라도 이 반의 수학 성적은 상당히 좋다. 입원한 담임이 아주 잘 가르쳤나 보다. 덕분에 나도 가르치는 게 즐겁다.

연습 문제를 풀게 하고 교실을 돌았다. 아이들의 공책을 들여다봤다. 대부분이 배운 걸 이해하고 있어서 안심했다. 비상근 교사가 오고 나서 성적이 떨어졌다는 소문이 퍼지면 그다음부터 일이 들어오지 않는다.

교실을 둘러봤다. 교실 뒤 작은 칠판 구석에 분필로 적어 놓은 글자를 보고 걸음을 멈췄다. 가로쓰기로 돼지, 라고 적혀 있었다. 바로 밑에는 바보, 라는 단어도 있다. 그리고 그 밑에는 이, 라는 한 글자만 적혀 있는데 아마도 멍청이나 얼간이에서 두 글자가 지워졌을 것이다. 한심한 낙서라고 생각하며 칠판지우개로 지웠다.

다음 순간 "아!" 하는 소리가 났다. 돌아보니 맨 뒷자리에 앉은 야마다라는 뚱뚱한 남학생이 입을 틀어막고 있었다. 야마다뿐만이 아니다. 여러 아이들이 이쪽을 보고 있다.

"왜? 이거 지우면 안 돼?" 내가 물었다.

야마다를 비롯해 모두 황급히 고개를 돌려 앞을 봤다. 이상한 녀석들이네.

2교시는 체육이다. 운동장에 뜀틀과 매트를 놓고 기계 체조를 연습시켰다. 운동을 잘하는 아이, 싫어하는 아이, 좋아하지도 싫어하지도 않는 아이 등등 가지각색이다. 운동을 지도할 때는 안전에 우선순위를 둔다. 체육 시간은 다치지 않고 즐거우면 그만이다.

체육 수업을 마치고 아이들과 함께 교실로 돌아왔다. 여학생들은 수영장 옆 탈의실에서 옷을 갈아입고, 남학생들은 교실에서 갈아입는다.

각자의 책상 위에 옷이 아무렇게나 놓여 있다. 남학생들이 옷을 갈아입는 동안 창밖 풍경을 바라봤다. 학교 담장 너머로 목욕탕 굴뚝이 솟아 있다. 아직 동네 목욕탕이 남아 있다니 서민 마을답다.

"앗!" 갑자기 누군가 큰 소리를 냈다.

목소리가 나는 쪽을 봤다. 아키모토 나오키라는 남학생이 멀거니 서 있다. 아키모토는 몸집이 작고 기가 약해 보이는 얼굴을 한 아이다.

"왜 그래?"

내 질문에 아키모토는 당장이라도 울음을 터뜨릴 듯한 표정으로 이쪽을 봤다.

"지갑이 없어요. 여기 넣어 뒀는데." 그렇게 말하며 바지 주머니에 손을 넣었다.

"뭐? 좀 더 잘 찾아봐."

"하지만……."

아키모토는 바지 주머니와 가방 안을 뒤졌다. 그래도 찾지 못한 듯하다.

그때 내 뒤에서 소리가 났다. "앗, 내 지갑도 없어."

깜짝 놀라 고개를 돌렸다. 요시오카 마사야라는 남학생이 아키모토와 마찬가지로 바지 주머니에 양손을 집어넣고 있다. 요시오카는 키가 크고 바늘처럼 말랐다.

"뭐?" 주위에 있던 남학생들이 일제히 요시오카를 둘러쌌다.

"진짜?"

"어디에 뒀는데?"

"어떻게 생긴 지갑인데?"

저마다 물어보는데 요시오카는 대답하지 않고 그저 창백한 얼굴로 서 있을 뿐이다.

"다른 사람들도 자기 소지품 한번 확인해 봐." 반 전체를 향해 지시했다.

각자 가방이며 주머니를 뒤지기 시작했다. 아키모토와 요시오카 말고 다른 피해자는 없었다.

두 사람을 교탁 앞으로 불러 각자의 가방을 다시 찾아보게 했다. 도난은 큰 사건이고, 나중에 실수로 밝혀진다 해도 망신스러운 건 똑같다.

"주머니에 지갑을 넣어 놨어요. 분명히." 아키모토는 약해 보이는 얼굴과 달리 오른쪽 바지 주머니를 두드리며 강하게 말했다.

"지갑에 얼마나 있었어?" 내가 물었다.

"500엔 정도였나?" 아키모토는 고개를 갸웃하고 대답했다.

기본적으로는 학교에 돈을 가져오지 못하게 하나 지금 그런 말을 해 봤자 아무 소용없다.

"요시오카는? 얼마나 있었어?" 여전히 창백한 얼굴의 요시오카에게 물었다.

"아, 그게, 잘 모르겠어요." 아이는 짧게 깎은 머리에 손을 올렸다.

"대충이라도 괜찮아. 너도 500엔쯤 있었어?"

요시오카는 분명히 대답하지 못하고 자기 머리만 긁적인다.

"또 없어진 건?"

"없는데……."

"잘 찾아봐."

내가 직접 요시오카의 가방을 열었다. 손으로 들고 다니는 낡은 가방이다. 5학년쯤 되면 대부분 백팩을 메지 않으니 다른 사람에게서 가방을 물려받은 모양이다.

"이건 뭐야?" 아무렇게나 들어 있는 교과서와 노트 사이에서 문고판 크기만 한 하얀 수첩 하나를 꺼냈다. 표지에 매직으로 「극비」라고 적혀 있다.

"앗, 그건 안 돼요!" 요시오카가 내 손에서 황급히 수첩을 빼앗아 갔다.

"그게 뭔데?" 다시 물었다.

"이건…… 일기예요."

"일기? 그런 것도 써?"

요시오카가 살짝 고개를 끄덕였다.

"흠."

다소 미심쩍었지만 일기라고 한 이상 억지로 내용을 볼 수 없다.

아무래도 지갑 말고 사라진 건 없는 듯하다. 두 사람에게 자리로 돌아가라고 했다. 요시오카는 하얀 수첩을 다시 가방에 넣었다. 그때 수첩 안쪽 표지에 적힌 숫자가 보였다. 「1/64」이라는 분수였다.

오늘 아침 여학생들의 대화를 떠올렸다. 그 여학생들도 틀림없이 64분의 1이라고 했었다. 하지만 도난 사건과의 관련성이 딱히 떠오르지 않아 그 의미를 물어보지는 않았다.

옷을 다 갈아입은 여학생들이 돌아왔다. 전원이 모이기를 기다려 다시 다른 피해자가 없는지 확인했다.

소지품이 사라진 학생은 아키모토와 요시오카뿐이었다.

2

점심시간에 아키모토와 요시오카를 교무실로 불렀다.

5학년 부장 후지와라 선생이 자세한 이야기를 듣고 싶다고 했기 때문이다. 후지와라 선생은 40대 중반의 뚱뚱한 남성이다.

"잘 찾아봤어? 애초부터 안 가져온 건 아니고?" 후지와라 선생은 아이들을 번갈아 바라보며 말했다.

"아뇨, 틀림없이 가져왔어요." 아키모토가 울상이 되어 말했다.

"저도 진짜로 가져왔어요." 요시오카도 입을 내밀었다.

후지와라 선생은 얼굴을 찌푸렸다.

"체육 시간에 없어진 게 분명해? 그전에는 있었어?"

"있었어요." 아키모토는 붉어진 눈으로 나와 후지와라 선생을 봤다.

후지와라 선생은 한숨을 내뱉으며 지갑에 돈이 얼마나 있었는지 물었다. 아키모토는 아까와 같이 대답했고 요시오카는 또다시 분명히 대답하지 못했다.

"그렇게 큰돈은 아니네."

요시오카는 고개를 끄덕이지도, 그렇다고 가로젓지도

않고 침묵만 지켰다.

후지와라 선생이 머리를 긁적였다.

"알았다. 이제부터 어떻게 할지 선생님들이랑 상의할 테니까 너희는 교실로 돌아가. 그리고 앞으로는 학교에 돈 가져오지 말고."

둘은 기가 죽어 교무실을 나갔다.

"성가신 일이 생겼네요. 단순히 물건이 없어진 게 아니라 돈이 없어졌으니 그냥 넘어갈 순 없겠어요. 어떡하나?" 후지와라 선생이 나를 보며 인상을 썼다.

하필 비상근 교사 반에서 도난 사건이 발생했냐고 생각하는 게 분명하다. 정교사 반에서 일어난 일이면 그 반 담임에게 맡기면 그만일 테니까.

"범인을 알아내는 게 우선이죠."

내 말에 후지와라 선생은 놀란 듯 눈을 크게 떴다.

"되게 쉽게 말씀하시네요. 범인이 누군지 알아요?"

"이름까지는 구체적으로 댈 수 없지만 대충 짐작은 가요."

"아!" 후지와라 선생은 어이없다는 눈빛으로 나를 봤다. "누군데요?"

"우리 반 아이요. 그러니까 내부 소행이라는 말이에요."

"이봐요, 근거 없이 괜한 말 하지 말아요." 후지와라 선생은 목소리를 낮추고 주위를 신경 쓰듯 이리저리 살폈다.

"근거가 있어요."

그는 내 말을 듣더니 놀라서 몸을 뒤로 확 젖혔다.

"근거요? 무슨 근거?"

"지갑을 도난당한 아이는 둘뿐이에요. 다른 애들은 지갑은커녕 옷이나 짐을 뒤진 흔적조차 없어요. 즉, 범인은 처음부터 두 사람의 지갑만 노렸다는 얘기죠."

"범인이 특정 지갑을 노렸고, 그게 두 사람 지갑이었다, 라는 말이에요?"

"다만 문제는 왜 두 사람의 지갑만 훔쳤냐는 거예요. 지갑을 갖고 있는 아이는 많았는데."

"마음이 급했나 보죠."

"그렇다면 교실 출입구와 가까운 자리를 노렸어야 해요. 두 아이의 자리는 외려 멀어요."

내 얘기에 설득력이 있다고 느꼈는지 후지와라 선생이 아랫입술을 내밀며 신음 소리를 냈다.

"범인이 두 사람의 지갑만 노렸다고 해도 그게 꼭 같은 반 학생이라는 법은 없지 않나요?"

"벗어 놓은 옷만 보고 그게 누구 옷인지 아는 건 상당히 어려워요. 아까 확인해 보니 5학년 애들은 대부분 소지품에 이름을 적어 놓지 않았어요. 요시오카도 그런 애고요. 그러니 범인은 5학년 3반의 자리를 다 아는 사람이란 거죠."

"그래서 같은 반 학생이다?"

"네."

후지와라 선생의 얼굴에서 표정이 사라졌다. 그러나 내 추리를 부정할 만한 의견은 없어 보였다.

"그래서? 선생님은 어떻게 범인을 잡겠다는 건데요? 설마 한 명 한 명 물어보실 건 아니죠?"

학년 부장의 말에 나도 모르게 쓴웃음을 지었다.

"아니요, 학부모님들의 민원이 산사태처럼 밀려들 텐데요."

"알고 있다니 다행이군요."

"일단 저한테 맡겨 주시겠어요?"

"뭐, 지금은 선생님이 담임이니까 선생님한테 맡길 수밖에 없겠죠." 후지와라 선생은 그렇게 말하고 내 얼굴을 보며 고개를 살랑살랑 흔들었다. "선생님도 참 특이하시네. 보통 교사라면 속으로는 자기 반 애들을 의심하더라도 겉으로는 믿는다고 할 건데, 역시……."

"역시……요? 역시, 뭔데요?"

"아뇨, 아무것도 아닙니다."

"비상근이라 정이 없다는 말씀인가요?"

"그게……." 후지와라 선생이 시선을 피했다.

"설사 상대가 아이들이더라도 믿지 않는다고 솔직히 말하는 게 의미 없이 믿는 척하는 것보다 훨씬 건강에 좋아요. 정신 건강에도."

내 말에 후지와라 선생이 얼굴을 일그러뜨리고 아래턱을 벅벅 긁었다. 자기도 믿는 척하는 부류인 모양이다. 드문 일도 아니다. 대부분의 교사들이 그렇다.

아직 점심시간이 끝나지 않았지만 현장 상황을 조금이라도 더 알아두고 싶어서 5학년 3반 교실로 향했다. 계단을 올라 복도 모퉁이를 돌려는 찰나 대화 소리가 들렸다.

"요시오카 녀석, 진짜 바보 같아. 돈을 도난당하다니."

걸음을 멈췄다. 목소리의 주인은 우리 반 가네다라는 남학생이 틀림없다.

"맞아! 완전 기대했는데."

대답하는 상대 목소리는 우리 반 기노시타라는 학생이었다.

"내 말이. 이렇게 되면 계산이 달라지잖아. 도대체 누가 훔쳐 갔을까?"

"분명히 우리 반 애야." 기노시타가 목소리를 낮추고 말했다.

귀를 기울였다. 아이들 가운데에 나와 같은 생각을 하는 사람이 있을 줄은 몰랐다.

"왜?" 가네다가 물었다.

"아니, 생각해 봐. 하필 오늘 요시오카의 지갑이 없어지냐고. 타이밍이 너무 절묘하잖아?"

"그렇긴 해."

"그렇지? 범인은 틀림없이 그 일을 아는 사람이야."

"근데 아키모토 지갑은 왜 없어진 거야? 녀석은 관계없잖아."

"그건 나도 몰라. 아키모토 지갑은 가져가 봤자 소용없을 텐데."

두 남학생이 교실에 들어간 듯 더는 목소리가 들리지

않았다.

아이들의 이야기를 듣고 머릿속에 몇 가지 의문이 떠올랐다.

아무래도 요시오카에게 오늘이 특별한 날인 듯한데 그게 뭘까?

그리고 그 사실을 가네다와 기노시타는 아는 모양인데 어떻게 아는 걸까?

그 애들은 어떤 사이일까? 또 '기대했다'라는 건 무슨 소리일까?

두 사람을 데려와 따져 물을까 생각했다. 그러나 다시 생각해 보니 좋은 방법이 아닌 것 같아 마음을 고쳐먹었다. 녀석들이 일단은 입을 다물기로 한 것 같으니 물어봤자 쉽게 털어놓지 않을 터다. 성급히 추궁했다가 경계가 심해지면 더 곤란해진다.

때마침 시작종이 울려 그대로 교실에 들어갔다. 문을 여는데 예상보다 빨리 선생님이 와서인지 아이들은 허둥지둥 자기 자리로 돌아갔다. 교실에 먼지가 날릴 정도였다.

종잇조각 하나가 발밑에 떨어졌다. 주워 보니 뭔가 적혀 있다. 위쪽은 찢어져서 없고 가로로 '바카도지'라는 글자다. 바보 얼간이? 찢어진 부분에는 누군가의 이름이 있었겠지.

그러고 보니 오늘 아침에 교실 뒤쪽 칠판에도 같은 낙서가 있었다. 5학년이나 된 녀석들이 참 유치하다.

요시오카와 아키모토의 얼굴을 봤다. 아키모토는 아직도 눈 주위가 붉고 요시모토는 고개를 떨구고 있다. 마치 나와 눈을 마주치는 걸 피하고 있는 것처럼.

조금 전 가네다와 기노시타의 대화를 떠올렸다. 요시오카의 지갑을 훔치는 일은 의미가 있지만 아키모토의 지갑은 쓸모가 없다고 했다.

그것도 의문이다. 내가 아는 한 요시오카는 많은 돈을 가지고 있을 리 없다. 요시오카네 집은 그리 유복하지 않다. 그 아이의 지갑에 큰돈이 들어 있다고 생각하는 사람은 이 반에 단 한 명도 없을 것이다.

그런 생각에 잠겨 있는데 갑자기 누가 교실 문을 두드렸다. 후지와라 부장이 손짓하고 있다.

"무슨 일이세요?" 다가가 말했다.

"얼른 좀 나와 보세요." 후지와라 선생이 나를 복도로 불러냈다. "일이 묘하게 돌아가네요. 방금 경찰에서 연락이 왔는데요."

"네? 경찰이요? 도난 사건을 신고하셨어요?"

후지와라 선생은 얼굴 앞에서 손사래를 쳤다.

"아니요, 그럴 리가 있겠어요. 아직 교장 선생님께도 자세히 보고하지 않았는데요. 그게 아니라 번화가에서 돈을 뜯던 중학생이 잡혔대요. 근데 그 학생이 우리 학생들한테서도 돈을 빼앗았다고 했답니다."

"우리 학교 애요?"

"그 애가 선생님네 반 요시오카랍니다."

"아니, 설마?"

"확실한 것 같아요. 가슴에 명찰이 있어서 이름을 봤다고 그 중학생이 그랬다네요."

"그게 언제인데요?"

"그저께래요."

"그저께라면 토요일이네요."

교실 안을 봤다. 요시오카가 이쪽을 보고 있다가 서둘러 고개를 돌렸다.

3

5교시 수업을 마치고 요시오카를 불렀다. 요시오카는 잔뜩 긴장한 채였다.

"지금부터 나랑 응접실에 갈 거야. 경찰이 너한테 묻고 싶은 게 있대."

"저…… 지갑 얘기라면…… 아키모토도…….' 아이는 말을 잇지 못했다.

"지갑 도난당한 거랑은 상관없는 일이야. 그건 경찰에 알리지 않았어. 갈취 사건과 관련된 질문을 할 거래."

"갈취……요?" 요시오카의 얼굴이 갑자기 창백해졌다.

"일단 같이 가자." 요시오카의 등을 밀었다.

"너 토요일에 돈 뺏겼지?" 교실을 나서며 요시오카에게 확인했다.

아이는 놀란 듯 걸음을 멈췄다.

"가해자 중학생이 잡혔어." 그렇게 말하고 먼저 걷기 시작했다.

요시오카는 따라오지 않고 고개만 숙이고 있었다.

"왜 그래? 왜 안 따라와?"

내가 재촉하자 그제서야 요시오카는 천천히 발을 뗐다. 생각이 많아 보이는 얼굴이었다.

응접실에 가니 경찰 소년과에서 나온 나이 지긋한 여경이 후지와라 부장, 교감과 함께 기다리고 있었다. 인사가 오가고 경찰은 곧바로 요시오카에게 물었다.

"토요일에 역 앞 상가에 갔지?"

요시오카는 대답하지 않았다. 무릎 위에 손을 얹고 내내 고개만 숙이고 있다.

"얘, 왜 그래? 얼른 말씀드려." 후지와라 부장이 더는 기다리지 못하고 말했다.

"안 갔어요." 요시오카는 푹 숙인 고개를 좌우로 저었다.

"뭐?" 응접실 안에 있던 모두가 소리를 높였다.

"그럴 리 없는데. 상가에서 중학생한테 돈을 뺏겼을 텐데." 경찰이 다소 강하게 말했다.

요시오카도 방금 전보다 더 강하게 고개를 흔들었다.

"안 갔어요. 돈도 안 뺏겼고요."

아이는 갑자기 벌떡 일어나 말릴 틈도 없이 방을 나가버렸다. 경찰은 아연한 표정을 지었다.

"무슨 일이지?" 교감이 후지와라 부장에게 물었다.

후지와라 부장은 고개를 갸웃거리며 도움을 요청하듯 내 쪽을 봤다.

"가해자 중학생이 분명히 요시오카라고 했대요?" 내가 경찰에게 물었다.

그녀는 고개를 끄덕였다.

"다른 초등학교 아닌가?" 교감이 낮게 중얼거렸다. 자기 학교와 관계가 없길 바라는 심정일 터다.

"그 학생이 니카이도 초등학교 명찰을 봤다고 진술했습니다."

경찰이 단언하자 교감은 다시 낙담한 얼굴이 되었다.

"그 학생이 요시오카한테서 얼마나 뺏었대요?" 내가 경찰에게 물었다.

"6천 엔 정도랍니다."

"6천 엔?" 교감의 목소리가 다시 높아졌다. "초등학생한테는 큰돈인데, 어떻게 그만한 돈이 있지? 어린애가?" 살짝 언짢은 목소리다. 교감의 지갑에는 그만한 돈도 없는 모양이다.

나는 잠시 생각한 뒤 일어섰다.

"저한테 맡겨 주시겠어요?"

"어떻게 하려고요?" 후지와라 부장이 물었다.

"아직 확실하진 않습니다만, 반드시 요시오카가 진실을 말하게 만들겠습니다."

"아무리 그래도……." 후지와라 선생은 곤혹스러운 표정으로 경찰과 교감을 바라봤다.

아무도 말을 꺼내지 않기에 그길로 응접실을 나왔다. 딱히 기막힌 아이디어가 있었던 건 아니다. 다만 어렴풋하게나마 도난 사건의 진상이 보였다. 문제는 어떻게 해야 더 명확하게 만들 수 있을 것인가였다.

생각에 빠진 채 교실 앞까지 돌아왔다. 이미 6교시가 시작되었는데 담임이 좀처럼 오지 않아서 아주 신이 난 아이들이 요란을 떨고 있었다. 복도 쪽 창문이 조금 열려 있기에 슬며시 교실 안을 봤다. 열 명 정도 되는 아이들이 모여서 이야기를 나누고 있는 게 보였다. 한가운데에 야마다가 있었다.

스포츠 신문을 펼치고 있는 야마다의 손에 수첩 한 권이 들려 있었다. 본 적이 있는 수첩이다. 요시오카의 가방에 있던 수첩, 표지에 「극비」, 안쪽 표지에 「1/64」이라고 적혀 있던 수첩이다. 요시오카는 일기라고 했는데 그게 사실이라면 지금 야마다가 수첩을 들고 있는 상황은 정상이 아니다.

교실 문을 열었다. 동시에 모여 있던 아이들이 일제히 흩어지며 엄청난 속도로 자기 자리로 돌아갔다. 20초도 채 안 되는 사이에 교실이 조용해졌다.

곧장 야마다에게 다가갔다. 수첩은 이미 숨긴 듯하다.

"수첩 내놔. 방금 들고 있던 거."

"그런 거 모르는데요."

"흠, 그렇다면 선생님이 가방 좀 봐도 되지?"

가방으로 손을 뻗자마자 야마다는 황급히 가방을 양팔로 끌어안았다.

"제 일기인데요. 선생님도 볼 권리는 없어요."

"그래? 일기야? 요시오카도 일기를 가지고 있던데 일기를 학교에 가져오는 게 유행인가?"

요시오카가 잔뜩 몸을 움츠리는 것을 곁눈질로 확인했다.

"상관없잖아요." 야마다는 가방을 놓으려 하지 않는다.

"쓸데없는 물건은 학교에 가져오면 안 된다고 했지? 일기도. 이것도."

야마다의 책상 서랍으로 손을 뻗어 그곳에 쑤셔 넣었던 스포츠 신문을 빼냈다. 야마다가 놀라서 "앗!" 소리를 질렀다.

스포츠 신문을 펼쳤다. 신문에는 빨간 사인펜으로 각종 메모가 적혀 있었는데 무슨 경마 신문 같다. 낙서가 있는 쪽은 프로 야구 기사가 실린 지면이었다.

"이게 뭐지?"

"아무것도 아니에요. 돌려주세요."

"요즘 애들은 축구에만 관심 있는 줄 알았는데 프로 야구 팬도 있나 봐?"

그렇게 말하며 빨간 사인펜으로 적힌 글을 살피는 데 머릿속에 한 가지 떠오르는 게 있었다. 나는 야마다를 보고 싱긋 웃었다.

"그랬구나. 그래서 64분의 1이구나. 잘 알았어."

야마다는 가방을 안은 채 겁먹은 표정으로 눈만 끔뻑거렸다.

4

방과 후 집에 가려는 요시오카를 불러 세웠다.

"잠깐 할 얘기가 있어. 남아."

요시오카가 흠칫 놀라며 그 자리에 멈춰 섰다. 야마다 일행이 요시오카를 힐끗거리며 교실을 나가는 게 보였다.

청소 당번이 교실을 청소하는 동안 근처 우체국에 가서 무더위 안부 엽서(여름철에 서로의 안부를 묻는 일본의 풍습에서 비롯된 행사용 엽서 – 옮긴이 주)를 스무 장 사 왔다. 교실로 돌아왔을 때 청소는 끝나 있었고 요시오카는 창 옆에 넋을 놓고 서 있었다.

청소 당번을 비롯해 전원이 귀가했음을 확인하고 요시오카에게 말했다.

"너 그림 잘 그리는 것 같더라."

요시오카는 예상 밖의 질문을 받아서인지 놀란 얼굴로 나를 쳐다봤다.

"아닌가? 못 그리나?"

"아……, 조, 좋아하긴 하는데요."

스무 장의 엽서와 색연필 통을 근처 책상에 놓았다.

"엽서 구석에다가 그림 좀 그려 줘. 풍경 그림도 좋고, 불꽃놀이 그림도 좋고. 여름 분위기가 나는 그림이라면 어떤 거든 다 좋아."

"네……? 그림을 그리라고요?"

"응, 잘한다며. 부탁할게."

요시오카는 주저하면서도 책상 앞에 앉아 색연필 통의 뚜껑을 열었다. 한참을 가만히 있다가 이윽고 빨간 색연필을 들고 엽서 구석에 뭔가를 그리기 시작했다. 금붕어였다. 그 옆에 검은 색연필로 눈이 툭 튀어나온 금붕어도 그렸다.

"정말 잘하네."

요시오카는 칭찬을 듣고 좋아했다. 그리고 신이 나서하나하나 그림을 그려 나갔다. 불꽃놀이, 비치볼, 요트 등 여름이 연상되는 것들로. 유카타처럼 어려운 그림까지 척척 그려 냈을 때는 정말이지 놀라웠다.

스무 장의 엽서에 그림을 다 그리고 나자 아쉬운 표정까지 지었다. 그림 그리기를 무척이나 좋아하는 모양이다.

"수고했어. 덕분에 올해 무사히 안부 엽서를 보낼 수 있겠어. 대충 컴퓨터로 그린 그림은 좀 그렇잖아. 이건 아르바이트비다." 지갑에서 500엔짜리 동전 하나를 꺼내 요시오카 앞에 놓았다.

아이는 눈을 크게 뜨고 할 말을 잃은 듯했다.

"학교에서 아르바이트를 시키는 건 규칙 위반이긴 한데 그런 딱딱한 소리는 관두자. 그보다 이 500엔은 아키모토에게 돌려줘."

"네……?" 요시오카의 얼굴이 점점 붉어졌다.

"돈이 필요해서 훔친 게 아니지? 네 지갑만 없어지면 의심을 받을 것 같아서 피해자를 하나 더 만든 거잖아. 꼭 아키모토가 아니어도 상관없었어. 아키모토가 제일 약해 보여서 골랐을 뿐이지."

"그게……."

"더는 숨기지 마. 계속 거짓말하면 진짜 화낼 거야. 소중한 도박 자금을 잃어버려서 지갑을 도난당한 척한 거지? 어른들 세계에서는 이런 걸 사기라고 부르는데."

요시오카는 다 들켰다고 생각했는지 살짝 고개를 끄덕였다.

"그래, 다 털어놔 봐." 내가 말했다.

요시오카는 더듬더듬 이야기를 시작했다. 그 내용은 내

가 추리한 대로였다.

올봄부터 우리 반에서 한 도박이 유행했다. 한마디로
말하자면 프로 야구 뽑기인데 그날 프로 야구 경기에서
이긴 팀을 다 맞히는 것이다. 총 열두 팀이므로 전 경기가
치러지면 승리 팀은 여섯 팀이고 그것을 다 맞힌 사람이
상금을 받는다.

돈을 걸 때는 팀 이름의 첫 글자만 적는다. 이를테면 자
이언츠, 드래곤즈, 타이거즈, 라이온스, 파이터스, 호크스
가 이긴다고 예상했다면 '자드타라파호'라고 적은 종이를
제출한다. 내가 점심시간에 주운 '바카도지'라고 적힌 쪽
지도 그 일부였다. 경기 결과는 다음 날 뒤쪽 칠판에 적어
둔다. 내가 지운 이상한 글들이 그것이었다.

1/64은 팀들의 전력이 같고 여섯 경기가 다 치러졌을
때 승리 팀 전부를 맞힐 확률이다. 초등학교 수학에서는
확률을 배우지 않는데 누군가 형이나 누나에게 배워 왔
을 것이다. 요시오카 말로 처음에는 J리그로 하려고 했는
데 팀이 많은 탓에 확률이 너무 낮아져서 프로 야구를 선
택했단다. 여학생들도 이 도박을 하고 있는데 대부분 야
구 규칙조차 모른다고 한다.

판돈은 한번에 200엔이며 교대로 책임을 지고 관리한다. 내가 본 수첩은 누가 얼마를 걸었는지 관리하는 장부이고 지난주 관리자는 요시오카였다.

　그런데 요시오카가 토요일에 그 중요한 돈을 갈취당하고 말았다. 솔직히 털어놓는다고 해도 믿어 주지 않을 것 같아 생각해 낸 게 도난 사건이었다.

　"꼬맹이들 주제에 한심한 놀이를 개발했구나. 야구 도박은 죄가 무거워."

　요시오카는 고개를 툭 떨궜다. 나는 아이의 어깨를 가볍게 두드렸다.

　"도박으로 돈을 벌려고 하면 결국은 다 털리게 돼 있어. 그런 식으로 인생을 날리는 바보 같은 어른이 세상에 널렸다. 돈은 일해서 버는 게 가장 좋은 거야. 그래야 번 돈을 소중하게 쓰니까."

　스무 장의 엽서를 책상 위에 올려놓고 모든 그림이 보이게 펼쳤다.

　"자, 안 그러니?"

　내 말에 요시오카는 강하게 고개를 끄덕였다.

제3장

10×5+5+1

1

새 일터는 주택가 가운데에 있다. 이 주택가 전체를 미쓰바 뉴타운이라 부르는데, 구획이 깔끔하게 정리된 땅에 비슷한 크기와 분위기의 집이 장난감 블록처럼 늘어서 있다.

집들을 바라보며 동쪽으로 걸으면 미쓰바 초등학교 정문에 당도한다. 3층짜리 학교 건물이 둘, 체육관으로 보이는 건물이 하나인데 죄다 새거다.

수업 시작까지 아직 시간이 많이 남았음에도 뉴타운에 사는 듯한 아이들이 드문드문 등교를 하고 있었다. 나도 그 아이들에 섞여 교문을 통과했다. 몇몇 아이들이 의아한 표정으로 나를 보는 이유는 모르는 얼굴이기 때문일 것이다.

교장과 교감에게 인사한 후 학년 부장 사토 선생으로부터 업무 관련 설명을 들었다. 사토 선생은 40대 중반으로 보이는 여성으로, 교사라기보다 꼿꼿한 학자 같은 분위기를 풍겼다. 그녀는 말하는 동안 표정 변화가 거의 없었다.

사토 선생 말로는 5학년 3반 담임이었던 모리모토라는 남교사가 5월 골든 위크 때 갑자기 사망하는 바람에 급하게 비상근 교사가 필요했다고 한다.

"어쨌든 선생님은 두 달만 애써 주세요. 그다음에는 정식 담임이 부임하니까요." 사토 선생은 설명을 다 끝내고 말했다.

"모리모토 선생님이 어떤 분이셨어요? 경력이 많으셨나요?" 내가 질문했다.

사토 선생은 내 얼굴을 가만히 응시했다.

"왜 그런 걸 묻죠?"

"돌아가셨다고 해서 나이가 많으신 줄 알았어요. 할아버지 교사에게 배운 아이들을 대하는 방법이 있거든요."

"아직 젊은데 비상근 프로처럼 말하네요." 사토 선생의 입가가 비웃듯 일그러졌다. "모리모토 선생님은 올해 대학을 갓 졸업한 젊은 교사였어요."

의외였다.

"네? 병으로 돌아가셨나요?"

"아니요, 사고요."

"사고요? 아, 교통사고였나 봐요."

사토 선생은 대꾸하지 않고 고개를 획 돌리고 일어나 조용히 자기 자리로 돌아갔다. 참, 무뚝뚝한 아줌마네.

5학년 3반 교실은 3층이었다. 계단을 올라 교실로 이어진 복도를 걸었다.

교실이 가까워질수록 이상했다. 너무 조용했다. 지금까지 여러 반을 이어받았는데 복도를 걸을 때 교실에서 이야기 소리가 들리지 않은 적은 한 번도 없었다.

문을 열고 교실로 들어갔다. 놀랍게도 반 전체가 자리를 얌전히 지키고 있고 그중에는 1교시 교과서와 노트를 미리 펼쳐 놓은 아이들도 있었다. 이렇게 예의 바른 반은 처음이다. 장난을 치는 것일 수도 있으므로 경계하며 출석을 부르고 이어서 간단히 자기소개를 했다. 그러나 아이들이 특별히 뭘 꾸미는 것 같지 않았다. 새로 온 비상근 교사에게는 관심이 없어 보였다. 그저 지나치는 인간을 바라보듯 무표정한 눈빛들이다.

1교시 수업 내내 아이들은 여전히 얌전했다. 몰래 떠드는 아이도 없고 다른 사람에게 장난을 치는 아이도 없다. 물론 조는 아이도 없었다. 너무 조용해서 기분이 나쁠 정도였다.

전 담임인 모리모토 선생이 사고사한 일로 충격을 받아서 그러나 싶었다. 그렇다면 모리모토 선생은 신임 교사임에도 달랑 한 달 만에 아이들의 마음을 사로잡았다는 소리다.

수업을 진행하며 5학년 3반 아이들을 관찰했다. 남학생 여학생 할 거 없이 모두 기운이 없어 보였다. 고개를 숙인 채 펼쳐진 교과서를 우두커니 바라볼 뿐이다. 수업을 받는다기보다 시간이 흐르기를 가만히 기다리고 있는 듯싶었다. 아이다운 패기가 조금도 느껴지지 않았다.

그런 가운데 한 여학생이 눈에 들어왔다. 창가 쪽 자리의 앞에서 넷째 줄에 앉은 여학생이다. 조금만 더 크면 길거리 캐스팅이 될 수도 있겠다 싶을 만큼 예쁘장한 얼굴이다. 가슴에 반장 배지를 달고 있다.

교탁에 붙은 좌석 배치도를 보니 시모무라 아야카라는 학생이었다. 시모무라 아야카는 교과서를 보고 있지만 내 얘기를 듣지 않았다. 전혀 다른 페이지가 펼쳐져 있었다.

1교시 마침을 알리는 종이 울려 바로 수업을 끝냈다. 쉬는 시간이 되자 아이들은 자리에서 벗어나 밖으로 나가거나 친구들끼리 수다를 떨었다. 그런데 왠지 걸리는 게 있어 한동안 아이들을 관찰하다가 그게 뭔지 깨달았다. 웃는 사람이 거의 없었다.

시모무라 아야카의 자리로 다가갔다. 아이는 턱을 괴고 창밖을 보고 있다.

"모리모토 선생님은 인기가 많았니?" 최대한 다정하게 물었다.

시모무라 아야카는 몸을 굳히고 침을 꿀꺽 삼켰다.

"그렇게 긴장할 필요 없어." 나는 웃어 보이며 말했다. "한동안 매일 봐야 하니까 편하게 지내자. 그게 서로를 위해 좋잖아."

아이는 대답하지 않고 고개를 숙였다. 내 얼굴을 보려고도 하지 않는다.

"모리모토 선생님은 어떤 사고로 돌아가셨어?" 다시 물었다.

시모무라 아야카도 다시 침묵을 지켰다. 그러다가 자리에서 일어나 등을 돌리고 걷기 시작했다.

"얘!" 아이를 불렀다.

시모무라 아야카는 그 자리에 멈춰 서서 이쪽을 돌아보지 않고 말했다.

"전 아무것도 몰라요." 그러고는 얼른 교실을 나가 버렸다.

뭐야, 저 녀석.

당황해 주위를 둘러봤다. 다른 녀석들에게 사정을 물어볼까. 모든 아이들이 마치 나를 피하듯 고개를 돌리고 있었다.

2

"잠시 실례하겠습니다." 방과 후 정문을 나서는데 누군가 옆에서 말을 걸어왔다. 구겨진 정장에 인상이 좋지 않은 중년 남성이 싹싹한 미소를 짓고 있다. 다른 사람에게 말을 건 거려니 했는데 주위에 아무도 없었다. 아무래도 내게 용건이 있는 모양이다. 그러나 아는 얼굴이 아니다. 교무실에서도 본 적이 없다.

"무슨 일이시죠?" 내가 물었다.

"오늘부터 5학년 3반을 맡기로 한 비상근 선생님 맞으시죠?"

"그런데요."

"저는 이런 사람입니다." 남자가 주머니에서 경찰수첩을 꺼내 보여 줬다. 사복을 입었으니 형사일 것이다. "잠시 시간 좀 내주시겠습니까? 드릴 말씀이 있습니다."

"무슨 용건이신데요?" 심드렁하게 대답했다. 교문을 나서는 순간 일을 끝낸다는 게 내 원칙이다. 즉, 지금은 자유 시간이다. 설사 상대가 경찰이라 할지라도 내 시간을 빼앗기는 건 싫다.

"사실은 모리모토 선생님 일 때문입니다."

"모리모토 선생님이요? 저는 아무것도 모릅니다. 오늘 처음 왔는데요."

"그건 잘 알고 있습니다. 그래서 더 선생님께 부탁하는 겁니다." 형사는 여전히 의미심장한 미소를 짓고 있다.

그의 불쾌한 미소를 응시했다. 귀찮은 일은 딱 질색이나 가슴 깊은 곳에서 호기심이 왈칵 솟구쳤다. 경찰이 움직인다는 것은 범죄 가능성이 있다는 소리다.

아이들의 태도부터 형사의 등장까지 모리모토 선생의 죽음에는 아무래도 비밀이 있는 듯하다. 두 달에 불과하더라도 5학년 3반 담임인 이상 그 비밀을 알아 두는 게 좋을 것 같다.

"그러면 잠시만요."

형사가 기뻐하며 고개를 끄덕였다.

"좋습니다. 시간을 많이 빼앗지는 않을 겁니다. 딱 10분, 아니 5분이면 됩니다."

우리는 운동장 구석 벤치에 나란히 앉았다. 형사는 자신을 에토라고 소개했다. 짐작했던 대로 형사과 소속이었는데 1계라는 말에 더욱 관심이 커졌다. 흉악 범죄를 담당하는 부서이기 때문이다.

"저기가 5학년 3반 교실 맞죠?" 에토 형사가 정면에 있는 학교 건물 3층을 가리키며 물었다.

"네, 왜요?" 내가 말했다.

"모리모토 선생님은 저기서 떨어져서 사망했습니다."

에토 형사의 말을 듣고 너무 놀라 눈을 크게 떴다.

"3층 교실 창문에서요?"

"네, 머리부터 떨어져서 경추가 부러졌습니다. 즉사한

걸로 추정하고 있습니다." 에토 형사의 얼굴에서 조금 전까지의 미소가 사라지고 없었다.

"모리모토 선생님은 골든 위크 때 돌아가셨다고 들었는데요."

"네, 사망 시간은 5월 5일 밤으로 추정하고 있습니다. 6일 이른 아침에 산책하던 행인이 우연히 정문 안을 봤다가 시신을 발견했습니다."

"어떻게 저기서 떨어졌죠?"

에토 형사는 허리를 펴 자세를 바로잡고 주위를 살피듯 시선을 돌렸다.

"현재까지는, 자살로 보고 있습니다." 조그만 목소리로 말했다.

"네……."

어느 정도 예상한 일이라 그리 놀라지 않았다.

"모리모토 선생님의 지인들 얘기에 따르면 일 문제로 상당히 고민했답니다. 아이들이 자기 말을 안 들어서 수업이 잘 안 된다고요. 자신이 교사라는 직업에 적합하지 않은 것 같다고도 했답니다."

"그래서 고민 끝에 자살했다고요?"

"현재까지는 그렇게 추정하고 있습니다."

긴 한숨을 내뱉었다. 어처구니없다. 본래 아이들이란 건방지고 반항적인 생물체. 이런 애들이 자기 뜻대로 안 된다고 자살하면 목숨이 수십 개라도 모자랄 것이다.

다만 이로써 몇 가지 의문이 풀렸다. 교사가 자살했다면 나서서 자세한 이야기를 해 줄 사람은 없을 것이다. 5학년 3반 아이들의 표정이 어두운 이유도 자기들에게 원인이 있다고 생각하기 때문일 것이다. 건방지기는 하나 아이들은 어른들보다 감수성이 예민하다.

"그런데 조사를 하다가 몇 가지 의문점이 생겼습니다." 에토 형사가 거드름을 피우며 말했다.

"네?"

"일단 제일 수상한 점은 선생님이 신발을 벗고 있었다는 겁니다. 물론 자살을 결심한 사람이 뛰어내리기 전에 신발을 벗는 일이 드문 건 아닙니다. 오래된 의식 같은 걸로 볼 수도 있고요. 뭐, 젊은이가 그런 옛날 사람 같은 행동을 하는 것 자체가 의문이라면 의문이랄 수 있겠습니다만."

"그렇다면 뭐가 의문점인데요?"

"자살하는 사람들은 신발을 가지런히 벗어 둡니다. 신발 옆에 유서를 놓고요. 일반적으로는 그렇습니다."

"선생님의 신발은 어디 있었는데요?"

"시신에서 몇 미터 떨어진 데에 아무렇게나 떨어져 있었습니다. 뛰어내리다가 벗겨졌다고 해도 좀 이상합니다. 참고로 말씀드리면 유서는 없었습니다."

상황을 떠올리니 형사가 수상하게 생각하는 이유가 이해되었다.

"정말 이상하긴 하네요."

"게다가 한 가지 더 큰 의문점이 있습니다. 모리모토 선생님은 당일 슈퍼에서 식료품을 샀습니다. 과연 곧 죽을 사람이 할 행동일까요?"

"장을 보고 나서 불현듯 죽고 싶은 충동에 사로잡힌 게 아닐까요?"

"그렇다면 그럴 만한 충동이 일어날 계기가 있어야 하는데 아직 찾지 못했습니다."

"무슨 말씀인지는 알겠는데요……."

"아무튼 이런 이유로 자살이 아닐지 모른다는 추정이 나왔습니다. 휴교일에 교사가 사고로 3층 창에서 떨어졌다고 생각하는 것도 일반적이지 않고요."

형사가 무슨 말을 하는지 깨달았다.

"근데 이런 말을 저한테 막 하셔도 돼요? 수사 기밀 아닌가요?"

"선생님의 협조가 필요해서 각오하고 말씀드린 겁니다. 선생님은 한동안 이 학교에 계실 거고, 또 함부로 언론에 정보를 팔지도 않을 테고요."

"그런 짓은 안 합니다만……, 제가 어떤 협조를 해야 하는데요?"

"협조에 응해 주실 겁니까?" 형사는 심각한 표정을 짓고 내 눈을 응시했다.

"그전에 확인할게 있어요." 내가 말했다. "형사님 말을 종합하면 모리모토 선생님의 죽음은 자살도 사고도 아니다, 그렇다면 타살, 즉 모리모토 선생님은 누군가에게 살해됐을 가능성이 있다, 라는 거죠?"

3

다음 날 평소보다 일찍 학교에 갔다. 우리 반 아이들은 아직 아무도 등교하지 않았다. 5학년 3반 교실로 들어갔다. 창문을 여니 상쾌한 바람이 들어왔다.

멀지 않은 데에 위치한 뉴타운 거리가 눈에 들어온다. 5월 5일 모리모토 선생은 이 창문에서 떨어져 죽었다. 창에는 난간이 달려 있어 실족사로 보기 어렵다. 선생 스스로 이 난간을 넘어 뛰어내렸거나 누군가에게 밀려 떨어진 것이다.

어제 에토 형사가 한 이야기를 떠올렸다. 그는 내게 지극히 어려운 임무를 맡겼다.

"우선 모리모토 선생님 주변에서 무슨 일이 벌어졌는지 조사해 주십시오. 아니, 조사라고 할 만큼 거창한 건 아니고요. 그냥 알게 된 사실이 있거나 들은 게 있으면 전해 주시면 됩니다."

"그건 경찰의 업무 아닌가요? 왜 저한테 부탁하세요?"

내가 반문하자 형사는 떨떠름한 표정을 지었다.

"저희도 가능하면 직접 조사하고 싶습니다. 근데 교내

를 자유롭게 돌아다닐 수 없고, 선생님들과 학생들 모두 저희한테 속내를 말하지 않습니다."

"다들 경찰에 숨기는 게 있다는 말씀이세요?"

일단은 아니라고 할 줄 알았는데 형사는 고개를 끄덕였다.

"그렇게 느껴지는 부분이 있습니다."

"사건을 요란하게 키우고 싶지 않은 학교 측이 단순히 신경질적으로 반응하는 게 아닐까요?"

"그럴 수도 있겠죠. 그런데 단지 그뿐이 아닌 것 같아서요. 어때요? 협력해 주시겠습니까? 물론 강요는 아닙니다. 귀찮은 일에 얽히고 싶지 않으면 지금 한 이야기는 잊어 주십시오."

잠시 생각하고 대답했다.

"뭐, 괜찮을 것 같네요. 뭐라도 알아낸 게 있으면 연락드릴게요."

"그럼 부탁드립니다. 그리고 실은 알아봐 주셨으면 하는 게 하나 더 있습니다."

"또요?"

형사는 수첩에 뭔가를 적어 내밀었다. 거기에는 이렇게

적혀 있었다.

「10×5+5+1」.

"이게 뭐죠? 수식 같은데."

"모리모토 선생님의 시신을 발견했을 당시 5학년 3반 칠판에 이런 게 적혀 있었습니다."

"칠판에요?"

"모리모토 선생님의 마지막 수업은 수학이 아니었습니다. 게다가 수업이 끝나고 청소 당번이 칠판을 깨끗이 지웠을 거 아닙니까? 그러니 이건 모리모토 선생님이 사망하기 직전에 쓴 게 아닌가 합니다."

"10×5+5+1…… 계산하면 56인데."

"뭔 것 같습니까?"

"모르겠어요. 아직은 전혀 짚이는 데가 없어요."

"저희도 조사해 봤지만 무슨 의미인지 모르겠습니다." 형사는 한숨을 쉬었다.

"그러니까 이 암호 같은 수식에 어떤 의미가 있는지 저더러 알아보란 거네요?"

"네, 부탁할 사람이 선생님밖에 없습니다."

"제가 비상근 교사라는 외부인이면서, 관계자에게 접

근할 수 있는 위치라서요?" 다소 빈정거리며 대꾸했다.

"뭐, 그렇게 생각하셔도 좋습니다." 형사는 진지한 표정으로 대답했다.

에토 형사와의 대화를 복기하면서 칠판을 바라봤다.

「$10 \times 5+5+1$」. 모리모토 선생은 무슨 생각으로 이걸 썼을까. 여기에 중요한 의미가 있을까.

문득 시선을 돌렸을 때였다. 칠판 끝에 백지 한 장이 압정으로 고정되어 있는 게 보였다. 다가가 자세히 보니 아이들의 이름이 나열되어 있다. 맨 위에 '키피 당번'이라고 적혀 있다.

키피? 이게 뭐지?

뒤에서 소리가 났다. 몸집이 조그만 남학생이 교실에 들어오려던 참이었다. 이름은 아직 외우지 못했다. 그 남학생은 이렇게 이른 시간에 교사가 있으리라고 예상하지 못했는지 내 얼굴을 보더니 놀라서 어쩔 줄 몰라 했다. 아이는 머리를 긁적이며 "안녕하세요."라고 말하고 자리에 앉으려 했다.

"잠깐 이리로 와 봐."

몸집이 작은 남학생이 긴장한 채 다가왔다.

"이름이 뭐지?"

"야마모토예요."

"야마모토, 여기 적힌 키피가 뭐니?"

야마모토는 목을 움츠리고 머리를 긁적였다.

"아, 그게…… 그러니까."

"뭔데? 똑바로 말해 봐."

"네, 아, 그게…… 카나리아 이름이에요."

"카나리아? 반에서 카나리아를 키워?"

야마모토는 고개를 까딱했다.

"학교 근처에서 스즈키랑 야마다가 잡아 왔어요."

"그래? 어떻게 잡았대?"

"날개를 다쳐서 날 수 없었대요. 그래서 잡을 수 있었대요."

"그 새를 반 애들이 돌봐줬고?"

"네."

"그렇구나. 그래서 키피 당번이구나. 그게 언제니?"

"골든 위크 직전이요."

"최근이네. 카나리아는 지금 어디 있어?" 교실을 둘러 봤으나 새장은 보이지 않았다.

"아, 죽었어요."

"죽었어? 왜?"

"그게……."

야마모토가 대답하려는 순간 "야마모토!" 하고 부르는 소리가 났다. 고개를 드니 시모무라 아야카가 교실 입구에 서 있었다. 시모무라 아야카는 성큼성큼 걸어 들어와 야마모토 앞에 서서 아이를 노려봤다.

"키피 일은 다른 사람들한테 말하지 않기로 약속했잖아!"

"그렇지만……." 야마모토는 입을 내밀며 고개를 숙였다.

"왜 얘기하면 안 되는데? 딱히 문제 될 것도 없잖아?" 내가 시모무라 아야카에게 물었다.

시모무라 아야카는 내 눈을 보려고 하지 않았다.

"다 같이 결정했어요. 괴로우니까 죽은 카나리아 얘기는 하지 말자고요." 아이는 칠판에 다가가 '키피 당번'이라고 적힌 종이를 뜯어내 마구 구기더니 근처 쓰레기통에 버렸다.

4

방과 후 야마모토 선생의 집을 찾아갔다. 그는 부모님과 살고 있었다. 아버지는 회사를 다녀서 내가 찾아갔을 때는 어머니만 집에 있었다. 모리모토 선생의 영전에 향을 올리러 왔다고 하니 어머니는 감격해하며 불단이 있는 다다미방으로 안내했다.

"비상근 선생님이 일부러 찾아와 주시다니 아들이 기뻐할 거예요." 어머니는 차를 내주면서 그렇게 말하고 살짝 눈물지었다.

대학을 갓 졸업한 외아들을 떠나보낸 어머니의 심정은 상상조차 할 수 없다.

"이런 말씀을 드려도 될는지 모르겠는데요. 혹시 모리모토 선생님이 학교 일로 고민이 많으셨나요?"

어머니는 손수건으로 눈가를 찍어 내면서 고개를 끄덕였다.

"남들보다 특히 더 책임감이 강했던 애라 교사가 된 뒤로 내내 고민이 많더라고요."

"요즘 아이들은 다루기 어려우니까요."

"걔도 똑같이 말했어요. 그렇다고 스스로 목숨을 끊을 정도로 여린 애는 아니었는데."

"어머님은 사고였다고 생각하세요?"

어머니는 고개를 저었다.

"그렇지는 않을 거예요. 고소공포증이 심했거든요. 창에서 떨어질 만한 위험한 행동을 하지는 않았을 거예요."

"그러면 스스로 뛰어내렸다고 볼 수밖에 없잖아요."

"그래도 여전히 이해가 안 돼요. 죽기 이틀 전에 이것저것 쇼핑도 했고……."

"쇼핑이요? 뭘 샀어요?"

"그건 잘 모르겠는데 스포츠용품점에 간다고 했었어요. 경찰에게도 그리 말했어요."

뭘 샀을까. 에토 형사는 이 부분을 조사했을까.

"그러고 보니 돌아가신 날에도 모리모토 선생님이 식료품을 샀다고 하더라고요."

"실은 그게 좀 이상해요. 시신이 발견됐을 때 우리 아들 차가 학교 옆에 세워져 있었다는데 쌀이 다섯 포대나 쌓여 있었대요."

"쌀 다섯 포대요? 이상하네요."

"그렇죠? 무엇보다 애가 식료품을 사 온 적이 한 번도 없었거든요." 어머니는 고개를 갸웃했다.

모리모토 선생의 어머니에게 그의 방을 보여 달라고 부탁했다. 모리모토 선생의 죽음과 관련된 미스터리를 풀 단서를 찾을 수 있지 않을까 생각했기 때문이다.

"그야 상관없지만⋯⋯." 어머니는 조금 의아해하면서도 허락해 주었다.

모리모토 선생의 방은 2층 남쪽에 있었고, 다다미 네 장 반 정도 크기의 서양식 방이었다. 벽에 테니스 라켓이 세워져 있고 그 옆에는 5킬로그램짜리 덤벨이 놓여 있었다. 상당한 운동광이었던 모양이다.

한편 책장에는 교육에 관한 책이 여러 권 꽂혀 있었다. 어떻게 하면 아이들의 마음을 잡을 수 있을지 진지하게 고민한 게 틀림없다. 교사라는 직업을 돈벌이 수단에 불과하다고 여기는 나와는 거리가 먼 고민이다. 그런 내가 모리모토 선생의 죽음에 관한 미스터리를 풀겠다고 나서다니 우스운 일이 아닐 수 없다.

책이 깔끔하게 정리되어 있는 가운데 딱 한 권만 살짝 튀어나온 게 있어 꺼내 봤다. 역시나 교육 관련 책이었다.

펄럭펄럭 페이지를 넘기다가 손이 멈췄다. 중간에 종이 한 장이 끼워져 있었다. 책갈피 대신 끼워 놓은 듯하다.

유원지 입장권이었다. 날짜는 5월 4일. 모리모토 선생이 죽기 전날이다.

입장권을 보고 어머니도 놀랐다.

"4일에 외출한 건 알았는데 어디 갔었는진 듣지 못했어요."

"다른 사람이랑 같이 갔을까요?"

"글쎄요, 여자 친구는 없었던 걸로 아는데." 어머니는 왼쪽 뺨에 손을 대고 생각에 잠겼다.

모리모토 선생의 집을 나와 경찰서에 연락해 에토 형사를 불러냈다. 할 얘기가 있다고 하니 에토 형사는 당장 오겠다고 했다.

역 앞 상가 안에 있는 카페에서 만나기로 했다. 커피를 마시면서 기다리는데 곧 에토 형사가 나타났다. 모리모토 선생의 집에서 들은 이야기를 전했다.

"모리모토 선생님이 돌아가시기 이틀 전에 스포츠용품점에서 물건을 샀다는 얘기는 들었습니다. 이미 그 가게도 찾았습니다. 이 상가에 있는 야마다 스포츠라는 가게입니다." 에토 형사는 수첩을 보며 말했다.

"모리모토 선생님이 거기서 뭘 샀어요?"

"아무것도 안 샀습니다."

"네? 아무것도 안 샀다고요?"

"네, 모리모토 선생님이 점원에게 등산용품은 없냐고 물었답니다. 등산용품은 취급하지 않는다고 하니까 가게를 그냥 나갔다고 했습니다."

"등산용품······이요? 구체적으로 뭘 사려고 했는진 모르세요?"

"모릅니다."

"다른 스포츠용품점은 뒤져 보셨나요? 등산용품 전문점이나."

쏜살처럼 계속되는 질문에 에토 형사는 씁쓸하게 웃으면서 수첩을 펼쳤다.

"수사는 내가 하고 선생님에게선 뭔가 참고가 될 만한 이야기를 들을 줄 알고 왔더니 이거 처지가 완전히 뒤바뀌었네요. 뭐, 상관없죠. 말씀대로 다른 스포츠용품점도 다 뒤졌습니다. 등산용품점도요. 하지만 모리모토 선생님이 물건을 산 가게는 아직 찾지 못했습니다."

"그렇다면 모리모토 선생님은 3일에 아무것도 안 샀다는 말이네요."

"지금까지는 그렇게 파악하고 있습니다." 형사는 수첩을 닫았다. 그러고는 마시다 만 커피로 손을 뻗었다.

너무 이상했다. 모리모토 선생은 도대체 뭘 사려고 했을까. 등산이라도 할 생각이었나.

"모리모토 선생님 말이에요. 취미가 등산이었나요?" 내가 다시 질문을 던졌다.

형사는 컵에서 입을 떼고 고개를 흔들었다.

"조사한 바로 등산 경험은 없었습니다. 등산을 시작하겠다는 언급도 없었고요."

"그런데 왜 등산용품을?"

"모르죠. 그것도 의문점 중 하나입니다."

나는 팔짱을 끼고 생각에 잠겼다. 문득 한 가지가 머릿속에 떠올랐다.

"설마……."

"뭡니까?"

"모리모토 선생님이 등산하듯 학교 건물벽을 오르려 한 게 아닐까요? 가끔 해외 뉴스 같은 데 나오잖아요. 초

고층 빌딩 벽을 오르는 사람이요."

에토 형사가 웃음을 터뜨렸다.

"그러다가 실수로 떨어졌다고요? 재밌네요. 근데 모리
모토 선생님이 왜 그런 짓을 합니까? 학교 건물 벽을 오
른다고 누가 칭찬해 줄 리도 없고. 게다가 그분 고소공포
증이 심했답니다. 말이 안 되죠."

얼굴을 찌푸리며 수긍할 수밖에 없었다. 맞는 말이다.
그가 고소공포증이 있었다는 사실은 조금 전 그의 어머
니에게서 들었다.

"사실 모리모토 선생님이 스포츠용품점을 나가기 전에
이상한 질문을 하나 더 했답니다. 등산과 전혀 관계가 없
는 질문이요." 에토 형사가 말했다.

"뭔데요?"

"근처에 중고 자전거 부품을 싸게 파는 데를 아냐고 물
었답니다. 점원은 모른다고 했고요."

"중고 자전거요?"

"네, 짚이는 게 있습니까?"

"아니요." 이제 부임한 지 이틀째인 사람이 짚이는 게
있을 리 없다.

"이 부분은 좀 더 조사해 볼 생각입니다. 그런데 선생님은 수확이 좀 있긴 했습니까? 그걸 기대하고 왔는데요." 형사가 내 눈을 뚫어지게 봤다. 본인만 떠들게 둘 거냐는 얼굴이다.

"수확인지 아닌지는 모르겠지만 모리모토 선생님 방에서 이상한 걸 발견했어요." 유원지 입장권에 관해 에토 형사에게 말했다.

듣자마자 형사의 눈이 번뜩였다.

"그런 게 있었다고요? 저희도 선생님의 방을 조사했는데 책에 끼워진 종이까지는 발견하지 못했습니다." 그는 살짝 분한 표정을 지었다.

"좀 이상하지 않으세요? 스스로 목숨을 끊기 전날 유원지에 가다니."

에토 형사가 고개를 끄덕였다.

"이상하죠." 그는 수첩에 뭔가를 끄적였다.

그리고 5학년 3반이 카나리아를 기르고 있었음을 알렸다. 그 카나리아가 모리모토 선생님이 사망하기 얼마 전에 죽었다는 사실도 알려 줬다.

"상당히 충격이었나 봐요. 아이들이 그 카나리아에 관

해 자세히 말하려 들지 않아요. 그러기로 다 같이 약속했대요."

"카나리아……. 선생님은 그게 모리모토 선생님의 죽음과 관련 있을 거라 생각하십니까?"

"뭐라 말씀드릴 순 없지만 아이들의 태도로 보아 관계가 없진 않은 것 같아요."

에토 형사는 복잡한 표정으로 침묵했다. 그리고 긴 한숨을 내쉬고 나를 봤다.

"어떻게든 애들에게 이야기를 들을 수 없겠습니까? 그 카나리아에 관한 자세한 얘기요."

"장담은 못 드려요. 녀석들이 저한테 비밀을 털어놓을 것 같지 않아서요."

"그래도 어쨌든 선생님은 그 반 담임이잖습니까?"

"딱 두 달만요. 그 이후에 저와 애들은 완전 남이죠."

에토 형사는 조금 불쾌한 표정을 지었다. 아마도 좀 더 교육자다운 말을 기대한 모양이다.

만약 내가 진정한 교육자라면 비상근으로 만족했을 리 없을 텐데 말이다.

다음 일요일에 혼자 유원지를 찾았다. 모리모토 선생이

죽기 직전에 갔던 유원지다. 날씨가 좋지 않아 하늘은 묵직한 회색을 띠고 있었다. 이따금 얼굴이 축축해질 정도의 비가 부슬부슬 내렸다. 기온도 낮아 유원지에서 놀기에 적당하지 않은 날씨였다. 덕분에 유원지는 텅 비어 있었다. 날이 맑았다면 인기 있는 제트 코스터 앞에 줄이 길게 늘어서 있었을 텐데 오늘은 열 명 남짓만 있었다.

가게에서 팝콘을 사서 먹으며 유원지 안을 걸었다. 모리모토 선생은 왜 여기 왔을까. 회전목마며 귀신의 집 등을 둘러봤다.

빗발이 거세지는 바람에 비를 피해 근처 텐트로 들어갔다. 마침 벤치가 있기에 앉아서 지금까지 수집한 정보를 정리했다.

5학년 3반에서 기르던 카나리아가 죽었다. 이유는 모르겠으나 아이들은 그 일에 관해 입에 올리기를 꺼린다. 5월 3일, 모리모토 선생은 등산용품을 사러 스포츠용품점에 갔다. 또 중고 자전거점도 찾았다. 5월 4일, 모리모토 선생은 유원지에 갔다. 5월 5일, 슈퍼에서 쌀을 다섯 포대 샀다. 그리고 그날 밤 학교 건물 창문에서 떨어져 죽었다. 칠판에는 「$10 \times 5 + 5 + 1$」이라고 적혀 있었다.

생각할수록 상황 파악이 되지 않았다. 모리모토 선생은 무슨 일을 하려던 걸까. 아이들은 무엇을 숨기고 있는 걸까.

빈 팝콘 봉투를 버리려고 자리에서 일어난 순간이었다. 옆에서 젊은 여성의 비명이 들렸다. 소리가 나는 쪽을 향해 고개를 돌리니 놀이기구가 하나 보였다. 소리의 출처는 그 놀이기구에 있는 여성에게서 나온 것이었다.

여기 저런 것도 있었나…….

그러다 한 가지 생각이 머릿속에서 번뜩였다.

5

월요일 6교시에 반 아이들에게 운동장으로 나가라고 했다. 아이들은 의아한 표정을 지었다.

운동장에 나온 아이들을 학교 건물 앞에 정렬시켰다. 5학년 3반 바로 밑이다. 잠시 후 정면에서 두 사람이 걸어왔다. 에토 형사와 모리모토 선생의 어머니였다. 내가 두 사람에게 연락해 학교로 불렀다.

"여기까지 오시게 해서 죄송해요. 아까 전화로 말씀드렸듯이 지금부터 모리모토 선생님의 죽음을 둘러싼 비밀에 대해 설명해 드리려고 합니다. 아니, 설명을 드린다기보다," 아이들을 둘러봤다. "이 아이들에게서 이야기를 들을 거라고 하는 게 맞겠죠."

아이들이 투덜대기 시작했다. 우리는 아무것도 모르잖아, 라는 소리가 들렸다. 소리가 나는 쪽으로 고개를 돌렸다.

"아니, 너희는 분명히 알고 있어. 이게 그 증거야." 들고 있던 종이봉투에서 뭔가를 꺼냈다. 자전거 고무 튜브였다.

아이들의 낯빛이 바뀌었다.

"이게 숨겨져 있더라. 어때? 본 적 있는 사람이 이 안에 있겠지?"

몇 명이 질책하는 눈빛으로 시모무라 아야카를 봤다. 아야카는 눈을 위로 치켜뜨고 고개를 흔들었다.

"그럴 리 없어. 아니, 저건, 내가 집에……." 아이는 거기까지 말하다가 입을 틀어막고 큰일 났다는 표정을 지었다.

나는 싱긋 웃었다.

"그래? 시모무라네 집에 이거랑 같은 게 있어? 모리모토 선생님이 쓴 튜브겠지?"

시모무라 아야카가 분한 듯 입술을 깨물었다.

"이게 다 무슨 일입니까? 무슨 소린지 하나도 모르겠네요." 에토 형사가 답답하다는 듯 말했다.

에토 형사 쪽으로 몸을 돌렸다.

"모리모토 선생님이 왜 유원지에 갔는지 알아냈어요. 번지 점프 연습을 하려고 간 거예요."

"네? 번지 점프요?" 에토 형사의 눈이 커졌다.

"네, 모리모토 선생님은 어떤 이유로 번지 점프를 해야 했거든요. 저 창문에서요." 머리 위의 5학년 3반 창을 가리켰다.

"설마……." 에토 형사는 믿을 수 없다는 듯 고개를 저었다. 모리모토 선생의 어머니는 망연자실한 상태였다.

"모리모토 선생님이 스포츠용품점에서 사려 한 등산용품은 아마도 자일이었을 거예요. 하지만 구하지 못했고 다른 밧줄을 썼을 거예요. 또 선생님은 중고 자전거점에서 고무 튜브를 샀어요. 밧줄과 튜브를 연결해 발에 묶고

저 창문에서 뛰어내린 거예요."

"그런 위험한 행동을…… 진짜……?" 깜짝 놀란 모리모토 선생의 어머니가 두 손을 뺨에 가져다 댔다.

"물론 선생님도 위험성을 잘 알고 있었을 거예요. 에토 형사님, 그거 조사해 보셨어요?"

"네, 모리모토 선생님의 차 안에 있었던 것과 무게를 조사해 달라고 하셨죠? 전에도 말했지만 쌀 다섯 포대는 다 10킬로짜리였습니다. 그리고 1킬로짜리 포대 하나랑 5킬로짜리 덤벨 하나가 뒷좌석에 있었습니다."

"그랬군요. 덤벨이라고 하셨죠? 모리모토 선생님의 방에도 덤벨이 하나 있었어요. 근데 보통 덤벨은 두 개 세트라 하나만 있는 게 좀 이상했거든요."

"도대체 무슨 말을 하고 싶은 겁니까?"

"모리모토 선생님은 뛰어내리기 전에 자기 체중과 같은 무게를 떨어뜨려서 밧줄과 튜브의 길이를 조절했어요. 그게 10킬로짜리 쌀 다섯 포대, 5킬로짜리 덤벨 하나, 1킬로짜리 포대 하나였고요. 즉, 10 곱하기 5에, 더하기 5, 또 더하기 1을 해서 합계 56. 아마 선생님 체중과 비슷할 거예요."

"맞아요. 그 정도 몸무게예요." 모리모토 선생의 어머니가 말했다.

"그래요? 칠판에 적힌 「10×5+5+1」이 그런 의미였다고요?" 에토 형사가 신음하며 말했다.

나는 아이들에게로 몸을 돌렸다.

"이제 적당히 하고 솔직히 털어놔. 선생님이 왜 번지점프를 해야 했지? 너희들과 선생님 사이에 무슨 일이 있었던 거니?"

처음에는 전원이 침묵을 지켰다. 이윽고 시모무라 아야카가 한 걸음 앞으로 나와 체념한 듯 말문을 열었다.

"골든 위크 전이었어요. 모리모토 선생님이 새장 문을 열자마자 갑자기 키피가 밖으로 나오고 말았어요. 선생님이 곧바로 잡으려 했는데 키피가 도망쳐서 열린 창문 너머로 가 버렸어요. 우리는 너무 놀랐어요. 키피는 아직 날지 못했으니까요. 선생님이 창문을 반대로 열려고 했어요. 하지만 녹이 슬어서 제대로 움직이지 않았어요. 우리는 소리를 질렀어요. 선생님 빨리 키피를 구해 주세요, 창문으로 몸을 내밀어서 손을 뻗으면 닿지 않을까요, 하면서요."

소리치는 아이들의 목소리가 머릿속에서 울려 퍼졌다. 아이들은 틀림없이 공황 상태에 빠졌을 것이다.

"하지만 선생님은 그러지 못했겠지?"

시모무라 아야카가 세차게 고개를 끄덕였다.

"선생님이 무서웠나 봐요. 당장이라도 키피가 떨어질 것 같은데 선생님은 벌벌 떨고만 있었어요. 그러다가 결국은⋯⋯." 시모무라 아야카는 입을 굳게 다물었다.

그러다가 결국은 키피가 떨어지고 말았다는 얘기일 것이다.

"키피가 죽고 말았구나. 그래서 너희가 선생님을 미워했다는 거고?"

시모무라 아야카는 대답하지 못했다. 다른 아이들을 둘러봤으나 모두 시선을 피했다.

야마모토에게 질문했다.

"근데 왜 모리모토 선생님이 번지 점프를 하게 된 거니?"

야마모토는 당장이라도 울음을 터뜨릴 듯한 얼굴로 도움을 요청하듯 시모무라 아야카를 바라봤다.

이윽고 아야카가 다시 입을 열었다.

"키피 일이 있고 나서 우리는 선생님을 무시했어요. 말을 걸어도 절대 대답하지 않기로 했어요. 선생님이 어떻게 하면 용서해 줄 수 있냐고 했어요. 그래서 우리끼리 상의하고 나서 교실 창문에서 번지 점프를 하면 용서해 주겠다고." 시모무라 아야카는 거기까지 얘기하고 눈물을 뚝뚝 흘리기 시작했다.

아이는 울면서 이야기를 계속했다.

"그렇지만 진심이 아니었어요. 어차피 못 할 거라 생각했어요. 그냥 선생님을 난처하게 만들고 싶었어요……."

"모리모토 선생님은 진심이었어. 그래서 창문에서 번지 점프를 하기로 마음먹었고."

"5월 5일에 저랑 스기무라, 스즈키, 야마모토까지 넷이서 다나카네 집에 놀러 갔어요. 집에 돌아가는 길에 학교 앞을 지나가는데 학교 건물 창문에서 모리모토 선생님이 뭘 하고 있는 게 보였어요. 자세히 보니까 밧줄이랑 고무 튜브를 연결한 커다란 자루를 창문에서 던지고 있었어요."

고개를 끄덕였다. 예상한 대로였다.

"선생님이 여러 번 실험을 해 보는 것 같더니 다리에

밧줄을 묶고 창문에서 뛰어내렸어요. 그런데…….”

시모무라 아야카가 다시 울음을 터뜨리는 바람에 스즈키가 뒤를 이어 이야기했다.

“신발이 벗겨진 것 같았어요. 모리모토 선생님의 발에 있던 밧줄이 다 벗겨졌거든요. 그러더니 선생님이 거꾸로 떨어졌어요.”

스즈키의 이야기를 듣고 에토 형사를 돌아봤다. 이로써 모리모토 선생의 신발이 벗겨진 상태에 대한 의문이 풀렸다.

“왜 사람들에게 바로 알리지 않았니?” 스즈키와 야마모토, 그리고 시모무라 아야카에게 물었다.

야마모토가 머뭇거리며 대답했다.

“그게요, 선생님이 번지 점프한 이유가 밝혀지면 엄청 혼날 것 같았어요. 그래서……. 게다가 선생님이 이미 도울 수 없는 상태인 것 같아서…….”

“그렇긴 했어. 즉사에 가까운 상태였긴 했지.” 에토 형사가 중얼거렸다.

“밧줄과 튜브를 치운 게 너희들이니?” 야마모토와 스즈키 일행의 얼굴을 보면서 물었다.

야마모토가 살짝 턱을 당겼다.

"선생님이 번지 점프 연습을 했다는 사실을 숨겨야 했으니까요……. 고무 튜브랑 밧줄은 시모무라가 갖고 갔고요. 쌀자루랑 덤벨은 교실에 있었는데 각자 나눠서 들고 선생님 차까지 옮겼어요. 차 키는 선생님 옷 주머니에 있었어요."

"그랬구나……."

뒤를 돌아봤다. 에토 형사가 어두운 얼굴로 서 있었다. 그 옆에는 모리모토 선생의 어머니가 씁쓸한 표정을 짓고 있었다.

"들으셨다시피 진상은 이런 듯하네요. 자살도 타살도 아니었어요. 아이들의 마음을 잡으려 한 모리모토 선생님의 마음이 불러일으킨 불행한 사고였어요."

에토 형사도, 모리모토 선생의 어머니도 아무 말이 없었다. 그저 고개만 떨구고 있을 뿐이다.

"우리가 선생님한테 정말 나쁜 짓을 해서……. 그래서 앞으로는 선생님들한테 반항하지 않기로 다 같이 결정했어요. 우리가 할 수 있는 일은 그게 전부라서요."

시모무라 아야카의 이야기가 신호라도 된 듯 아이들이

훌쩍이기 시작했다.

나는 깊은 한숨을 내쉬었다.

"인간은 나약한 존재란다. 선생님도 인간이야. 나도 약하고, 너희들도 약해. 약한 사람들끼리 도우며 살지 않으면 아무도 행복해질 수 없어."

내 말을 듣고 있는지는 알 수 없었다. 아이들은 울음을 멈추지 못했다.

제4장

몰 콘

1

6교시가 10분 남았다는 것을 벽시계로 확인하고 나가세 아키호를 지명했다.

"자, 나가세, 방금 배운 거 한번 읽어 봐."

나가세 아키호는 창가에 앉아 있다가 당황한 듯 황급히 국어 교과서를 들고 일어섰다. 그러나 어디를 읽어야 할지 모르는 듯 얼굴을 붉히고 페이지만 넘기고 있다. 당연하다. 내가 지목할 때까지 멀거니 창밖만 바라보고 있었으니까. 그래서 나가세 아키호를 지명한 것이다.

"25페이지 다섯째 줄부터."

내가 알려 주고 나서야 나가세 아키호는 동그란 얼굴을 붉힌 채 교과서를 읽기 시작했다. 나가세 아키호는 책을 잘 읽었는데 오늘은 평소답지 않게 서툴렀다.

나가세 아키호뿐만 아니라 6학년 2반 아이들이 오늘따라 이상했다. 특히 여학생들이 더 그랬다. 방금 전 나가세 아키호처럼 멍하니 있는 애들이 많다.

6교시가 끝날 즈음에는 그런 모습이 더욱 두드러졌다. 조바심을 내고 정신이 딴 데 가 있는 애들이 여럿이었다. 수업이 지루한 탓일 수도 있겠으나 그건 어제오늘 일이 아니다. 아무래도 다른 중대한 일에 마음을 빼앗긴 듯하다.

놀 생각을 하는 건 아닌 모양이다. 아이들 표정이 그리 즐거워 보이지 않았다. 떨떠름하다는 표현이 적절한 얼굴들이었다. 고민이 있어 보이는 애들도 있었다.

반 전체가 그렇지는 않았다. 적어도 다미야 고헤이와 그 무리 몇 명은 평소와 다름없이 활발했다. 아니, 평소보다 더 활기차고 어딘지 모르게 들떠 있다.

반장 미야모토 다쿠야도 보통 때와 같았다. 우수한 성적에 운동까지 만능인 그 아이는 맨 앞자리에서 허리를 꼿꼿이 펴고 교과서를 보고 있다.

6교시 수업 후 프린트를 나눠 주고 가정 통신문을 전달했다. 질문이 있는지 물었는데 아무도 손을 들지 않았다.

"오늘 왜 그래? 무슨 일 있어?"

물어봤으나 대답하지 않았다. 나도 더 묻지 않기로 했다. 수업과 관련 없는 데서 아이들이 뭘 하든 비상근 교사인 나와는 상관없는 일이다.

학교가 끝나자마자 청소 당번만 남고 모든 아이들이 서둘러 돌아갔다. 으레 몇몇 애들이 교실에 남아 떠드는데 너무나 이상했다. 다섯 명의 청소 당번들도 얼른 청소를 끝내고 싶은 건지 통 말이 없다.

재미있는 TV 프로그램이라도 나오나 생각했다. 아이들이 빨리 집에 가고 싶어 하는 이유라면 그 정도밖에 떠오르지 않았다.

청소 당번이 교실을 청소하는 동안 창가에 서서 밖을 바라봤다. 비상근 교사로서 다양한 학교를 경험하게 되는데, 새 직장에서 학교 주변의 풍경을 살피는 일은 커다란 즐거움이다.

현재 일터는 시키 초등학교 6학년 2반이다. 담임 후지사키 선생이 병으로 입원해 6월 1일부터 내가 대신 부임했다. 오늘로 열흘째 되었으며 지금까지 별다른 문제는 없었다. 애들은 밝고 상냥하고 친절하다. 성적은 그저 그래도 생활 태도만은 전원 우등생이라 할 수 있다.

다만 걸리는 부분이 있다. 지나치게 모범적이라는 점이다.

사흘 전이었다. 우연히 우리 반 남학생 몇 명이 모여서 얘기하는 걸 들었다. 일본인 축구 선수 중에서 제일 멋진 사람이 누구인지를 놓고 대화를 나누고 있었다.

"무조건 M이지. 속도도 빠르고 패스도 좋고."

"아니야, 기술은 N이야. 세계적인 수준인데."

의견은 둘로 갈렸다. 이후 서로 자기 의견이 맞다고 우길 거라 예상했는데 결과는 의외였다.

"음…… N이 대단한가?"

한쪽 남학생이 선뜻 다른 아이의 주장을 인정한 것이다. 상대 아이도 마찬가지였다.

"아니야, M도 훌륭하지. 이란전에서 대단했잖아."

마치 의도적으로 논쟁을 피하려는 듯했다.

상냥하고 서로 배려하는 건 좋다. 그러나 아이들의 상냥한 태도에는 어딘지 모르게 무리하는 것 같은 부자연스러움이 느껴졌다.

"선생님, 청소 끝났어요."

청소 당번 대표 여학생이 보고했다. 교실 내부를 쭉 둘러보니 아주 깨끗해져 있었다.

"수고했다. 집에 가."

말이 떨어지자마자 대표 학생을 비롯한 다섯 명의 청소 당번들이 각자 가방을 챙겨 들고 잰걸음으로 교실을 빠져나갔다. 이 아이들 역시 서두르고 있다.

다시 창밖으로 시선을 돌렸다. 정면에 고층 맨션이 서 있다.

시키 초등학교는 예전에 목재 도매상이 늘어서 있던 마을의 가운데에 자리잡은 터라 지금도 목재 도매 간판을 단 가게가 여기저기 보인다.

그렇지만 목재상 수입에만 기대고 있는 가게는 많지 않다. 학교 옆에 임대 주차장이 몇 군데 있는데 대부분이 목재업을 운영하는 가게의 소유였다. 또 오래된 목재 보관소를 허물고 차례로 새로운 맨션을 세우고 있다. 아무래도 과거의 목재 도매상들은 목재 보관차 소유하고 있던 토지의 용도를 변경함으로써 생계를 유지하는 듯하다.

눈앞의 맨션도 같은 방식으로 지어졌을 것이다. 낡고 키 작은 집들만 있는 주택가에서 굴뚝처럼 솟은 고층 건물은 너무나도 이질적이다.

그런 생각을 하면서 맨션을 바라보는데 깔끔한 현관홀에서 남학생 넷이 나오는 게 보였다. 나도 모르게 눈을 부릅떴다. 모두 우리 반 아이들이었기 때문이다.

다미야 고헤이, 요시이 료타, 가네다 마사히코, 기무라 유스케까지 이 넷은 늘 무리 지어 몰려다닌다. 장난꾸러 기들이지만 반 아이들을 괴롭히지는 않는다.

이상했다. 넷 중 맨션에 사는 애는 없다. 아니면 저 맨 션에 사는 다른 친구라도 있나.

다미야 일행이 싱글싱글 웃으면서 어딘가로 달려갔다. 아주 즐거워 보였다.

뭘 하는 거지, 저 녀석들……. 그렇게 생각하면서 창문 을 닫았다.

교실 문단속을 하고 교무실로 돌아왔다. 나 같은 단기 비상근 교사에게는 따로 책상이 주어지지 않으므로 병가 중인 후지사키 선생의 책상을 빌려 쓴다. 그러니 마음대 로 책상 서랍을 열어 볼 수 없고 채점하거나 필기할 때 책 상 위쪽만 잠시 사용할 수 있을 뿐이다.

"오늘 무슨 일 있나요?"

뒷정리를 끝내고 학년 부장 야마시타에게 말을 걸었 다. 야마시타 선생은 백발이 섞인 머리를 길게 길러 박사 같은 인상을 주는 인물이다.

"무슨 일이라뇨?"

"아이들이 어딘가에 정신이 팔린 듯해서요. 이벤트라든가 특별한 TV 프로그램 같은 거라도 있나 해서요."

야마시타 선생은 고개를 갸웃하고 벽에 붙은 달력을 봤다.

"글쎄요, 잘 모르겠는데. 우리 반 애들은 아무 말도 안 하던데요."

"그래요?"

"왜요?"

"아뇨, 아무것도 아닙니다."

먼저 실례하겠다는 인사를 하고 교무실을 나왔다.

학교 건물을 나와 운동장을 가로질러 정문으로 향했다. 시키 초등학교의 운동장은 넓지 않다. 소프트볼 경기 하나를 시작하면 다른 활동을 전혀 할 수 없다.

정문을 나와 팬스레 옆에 선 맨션을 올려다봤다. 조금 전 다미야 일행이 나온 맨션이다.

위에서 뭔가 움직이는 듯해 시선을 더 올린 순간 눈이 크게 벌어졌다.

여자아이 하나가 4층 베란다에 서 있었다. 아니, 평범하게 서 있었다면 그리 놀라지 않았을 것이다. 그 아이는 베란다 난간에 서서 한쪽 손을 벽에 대고 있었는데 당장이라도 떨어질 것 같다.

다음 순간 새로운 놀라움이 덮쳐 왔다. 아이를 어디선가 본 듯했기 때문이다. 본 듯했다는 정도가 아니라 조금 전까지 6학년 2반 교실에 함께 있었다.

나가세 아키호였다. 불과 수십 분 전에 국어 교과서를 읽었던 여학생이다.

큰 소리로 외치려다가 직전에 멈췄다. 내 목소리에 놀라 미끄러질 위험이 있기 때문이다.

나가세 아키호는 아래에 내가 있는지 모르는 듯했다. 베란다 난간 위에 똑바로 선 채 꼼짝도 하지 않고 있다. 밑을 보려고 하지도 않는다.

뛰어내릴 생각이구나. 순간적으로 생각했다.

주위를 둘러봤다. 가능하면 경찰에 알리고 싶었으나 혹여 알리더라도 경찰이 도착할 때까지 나가세 아키호가 기다려 주리라는 보장이 없다. 그러면 어떻게 해야 할까. 당장 맨션 계단을 뛰어올라가 아이의 집으로 뛰어들까. 하지만 입구 문에 자동 잠금장치가 있어서 마음대로 들어갈 수 없을 것이다. 관리인에게 사정을 말하면 들어가게 해 주려나. 아니, 우물쭈물하고 있을 시간이 없다. 게다가 집까지 올라간다고 한들 아이를 설득할 수 있을지 확신할 수 없다.

아직 남아 있던 아이들이 드문드문 학교 정문을 나오고 있다. 그 아이들은 나가세 아키호를 발견하지 못한 듯한데 그나마 다행이다. 애들이 소란을 떨면 충동적으로 뛰어내릴지도 모른다.

나가세 아키호가 서 있는 바로 아래는 아스팔트 도로인지라 떨어졌을 때 충격을 흡수해 줄 만한 게 전혀 없었다.

그때 나가세 아키호가 눈을 감는 게 보였다. 어렸을 때부터 시력만큼은 자신 있다.

큰일이다. 이러다 뛰어내리겠어…….

온몸에서 땀을 분출하는데 트럭 한 대가 그 앞을 천천히 지나갔다. 폐지를 모으는 트럭이라 짐칸에 신문지와 종이 상자가 한가득 쌓여 있다.

이거다! 생각하자마자 바로 트럭 운전석으로 다가갔다.

"저기요! 잠깐 차 좀 빌려줘요!"

머리에 수건을 두른 젊은 남성이 깜짝 놀라며 대꾸했다.

"뭐? 무슨 말도 안 되는 소리야!"

"저기 좀 봐요!"

위를 가리키니 "앗!" 하는 소리와 함께 운전수의 입이 커다랗게 벌어졌다.

"잠시만 빌릴게요."

트럭 운전수를 조수석으로 밀어내고 재빨리 운전석에 올라탔다. 기어를 넣고 트럭을 천천히 출발시켰다.

그때 한 바보 같은 인간이 소리를 질렀다.

"아! 저기 사람이 있어!"

그 소리에 자극을 받은 건지 나가세 아키호의 몸이 크게 흔들렸다.

트럭의 액셀을 힘껏 밟자마자 타이어 소리가 울리고 트럭이 급발진했다. 트럭을 맨션 옆에 대려고 필사적으로 핸들을 꺾었다.

"떨어졌다!"

운전수가 창문으로 고개를 내밀고 위를 올려다보다가 소리쳤다.

트럭이 맨션 바로 옆에 도착했을 때 엄청난 충격과 함께 짐칸으로 뭔가 떨어지는 소리가 났다.

2

차에서 내려 짐칸을 확인했다. 산처럼 쌓인 낡은 신문지 사이에 나가세 아키호가 떨어져 있었다. 팔다리를 아무렇게나 늘어뜨린 채 꼼짝도 하지 않는다.

"나가세!"

짐칸에 올라 아이의 어깨를 잡고 흔들었더니 눈을 감은 채로 살짝 고개를 흔들었다. 아무래도 정신을 잃은 모양이다.

아이를 그대로 두고 짐칸에서 내려와 다시 운전석에 올라탔다.

"미안하지만 바로 병원에 가야 할 거 같아요." 트럭 운전수에게 말했다.

"네? 아직 일하는 중인데……." 운전수가 곤란하다는 얼굴로 투덜거렸다.

운전수의 멱살을 왼손으로 움켜쥐었다.

"아이가 떨어지는 걸 봤잖아? 사람 목숨이랑 일이랑 뭐가 더 중요한데?!"

"당연히 사람 목숨인데……. 구급차를 부르면 될 일을."

"그렇게 태평하게 가만히 있겠다고? 1분 1초가 급한데?"

기어를 넣고 차를 출발시켰다. 사태가 이쯤 되자 소동을 알아차린 사람들이 하나둘 모여들었다. 경적을 울려 구경꾼들을 물리치고 차를 몰았다.

병원에 도착해 접수대에 사정을 말했다. 나가세 아키호는 응급실로 옮겨져 처치를 받았다. 그동안 학교와 경찰, 그리고 나가세네 집에 연락을 취했다. 그런데 나가세의 부모와 좀처럼 통화가 되지 않았다. 맞벌이라 집에 아무도 없었기 때문일 터다. 학교에 남아 있던 교사에게서 나가세네 아버지의 직장 전화번호를 받았고 간신히 연락이 닿았다. 당연하게도 나가세의 아버지는 딸이 투신자살을 시도했다는 사실을 믿으려 하지 않았다.

제일 먼저 제복 차림의 경찰 둘이 병원에 나타났다. 병원 대기실 구석에서 폐지 회수 트럭 운전수와 함께 사건의 정황을 설명했다.

"애가 스스로 뛰어내린 건 확실한 거네요?"

한참 이야기를 듣더니 안경을 쓴 경찰이 질문했다.

그렇다고 대답하자 경찰이 말했다.

"혹시 무슨 일 생기면 연락 주세요." 그걸로 참고인 조사는 끝났다. 자살 미수가 틀림없다면 경찰이 특별히 나설 일이 없으므로 내심 마음이 놓였을 것이다.

"이제 가도 되죠?"

폐지 회수 트럭 운전수가 내게 물었다. 나는 그러라고 했다.

"초등학생도 자살을 시도하는 시대라니, 이게 말이 됩니까?" 운전수는 그렇게 한마디 하고는 사라졌다.

운전수와 교대라도 한 듯 야마시타 학년 부장과 교감이 달려왔다. 둘 다 얼굴이 굳어 있다.

"도대체 어떻게 된 일이에요? 자살 시도라니요? 뭐 짚이는 거라도 있어요?" 교감이 정신없이 질문을 던졌다.

"제가 그것까지 알 순 없죠. 부임한 지 열흘밖에 안 됐는데요."

맞는 말이라고 생각했는지 교감은 입을 다물었다.

조금 있다가 나가세 아키호의 부모가 나란히 도착했다. 아버지는 회색 정장에 넥타이까지 꼼꼼하게 매고 있었고 어머니는 반소매 정장을 입고 있었다. 둘 다 퇴근길인 듯하다.

경위를 간단하게 설명했다. 두 사람은 믿을 수 없다는 표정으로 고개를 갸웃거렸다.

"왜 아키호가 그런 짓을⋯⋯?" 마흔이 안 돼 보이는 젊은 어머니는 눈시울을 붉혔다.

그때 나가세 아키호를 치료한 의사가 등장했다. 단단한 체격의 든든해 보이는 남성이었다.

"선생님, 애 상태는 어때요?"

나가세 아키호의 어머니가 묻자 의사가 싱긋 웃었다.

"생명에는 지장이 없습니다. 하지만 왼쪽 발목에 염좌가 있고 오른쪽 어깨가 탈골됐습니다. 두 부위 다 깁스해서 고정시켰습니다. 다른 부상은 없습니다. 뇌파 검사도 했는데 이상은 없습니다. 4층에서 떨어졌는데 이 정도로 끝난 건 기적입니다. 폐지가 추락의 충격을 흡수한 모양입니다."

의사의 말에 어머니는 다행이라고 말했고 아버지도 일단 안심하는 얼굴이었다.

"아이와 얘기 좀 할 수 있을까요?" 내가 의사에게 물었다.

"지금은 약 때문에 자고 있습니다. 2시간쯤 있으면 깰 겁니다."

"일단 좀 재우죠." 아버지가 말했다.

나머지 사람들도 그게 좋겠다고 동의했다.

의사가 자리를 뜨자 야마시타 선생이 나가세 부부에게 뭔가 짚이는 부분이 있는지 물었다. 나가세 아키호의 아버지는 괴로운 표정을 지으며 고개를 기울였다.

"부모 자격이 없네요. 요즘 일이 바빠서 딸이랑 대화를 못 했습니다. 겉으로 보기에는 딱히 이상한 점이 없었는데……."

"아이와 충분한 대화를 나눠야 하는데." 교감이 팔짱을 끼고 말했다.

"죄송합니다." 나가세 부부가 몸을 잔뜩 움츠렸다.

"어머님은 어떠세요? 짐작 가는 거 없으세요?" 내가 어머니에게 물었다. 그녀는 뺨에 손을 대고 고개를 살짝 기울였다.

"실은 요즘 좀 기운이 없고 걱정이 있어 보였어요. 그래서 힘든 일이 있냐고 물어봤는데 아무것도 아니라고 하더라고요."

"반에서 괴롭힘을 당했나?"

교감이 나를 보며 말했다.

"그렇게 보이지는 않았는데요."

"하지만 보이는 걸로 판단하면 위험해."

"아뇨, 6학년 2반은 다들 사이가 아주 좋아요. 너무 좋아서 이상할 정도로요. 그러니까 괴롭힘은 없었을 거예요." 야마시타 선생이 말했다.

"그래? 그럼 원인이 뭘까?" 교감은 입을 굳게 다물며 신음했다.

"저, 하나 마음에 걸리는 게……. 관계없을지도 모르지만." 나가세 아키호의 어머니가 조심스럽게 입을 열었다.

"뭔가요?" 내가 물었다.

"아키호가 전화로 이상한 말을 하는 걸 들었어요. 아마도 상대는 반 친구였던 것 같은데 몰 콘이라고 했어요."

"몰 콘? 그게 뭔데요?"

다시 물었다. 나가세 아키호의 어머니는 고개를 저었다.

"저도 모르겠어요. 선생님은 아실 줄 알았어요."

야마시타 선생을 바라봤으나 그 역시 모르는 모양이었다.

"괴수 이름 같은 건가?"

교감이 툭 내뱉었다.

그럴 리가.

3

나가세 아키호가 맨션에서 뛰어내린 다음 날 1교시 수
업을 시작하기 전에 아이들에게 물어봤다.

"너희들 중에 몰 콘이라는 말 아는 사람 있니? 있으면
알려 줘."

그때까지 살짝 소란했던 교실이 단숨에 조용해졌다. 게
다가 거의 모든 아이들이 일제히 고개를 숙였다.

"미야모토, 너는 어때? 몰 콘이라는 말이 뭔지 알아?"
반장 미야모토 다쿠야에게 물었다.

"아뇨, 몰라요." 미야모토는 굳은 표정으로 고개를 저
었다.

"그래?"

명백히 이상했다. 그러나 잘못 따지고 들었다가는 솔직
히 털어놓지 않을 것 같아 더는 캐묻지 않기로 했다.

나가세 아키호가 결석한 사유에 대해서는 일단 사고라고 말해 뒀다. 교감이 아이의 자살 시도에 대해 다른 학생들에게 숨기라고 지시했기 때문이다. 그러나 아이들 상태를 보건대 대강은 알고 있는 듯하다. 특히 다미야, 요시이, 가네다, 기무라 네 명은 나가세 아키호의 책상 쪽을 보며 소곤소곤 이야기를 나눴다. 녀석들이 어제 나가세가 사는 맨션 근처에서 어슬렁거리던 모습이 떠올랐다.

1교시 국어 수업을 끝내고 반 전체 아이들의 노트를 걷어서 교무실로 가져오라고 미야모토에게 지시했다. 한자 쓰기 숙제가 있었기 때문이다.

교무실로 돌아와 야마시타 선생 자리로 가서 몰 콘에 대해 알아낸 게 있는지 물었다. 야마시타 선생은 고개를 저었다.

"아이들에게 물어봤는데 모른대요. 거짓말하는 것 같진 않아요."

"그래요?"

이는 곧 몰 콘이 6학년 2반에서만 통용되는 단어라는 소리다. 도대체 무슨 뜻일까.

그런데 숙제 노트를 가져와야 할 미야모토 다쿠야가

도통 오지 않았다. 무슨 일인가 해서 복도로 나가 교실을 향해 걷기 시작했다. 그때 계단 밑에 미야모토가 쭈그려 앉아 있는 게 보였다. 미야모토는 검사라도 하듯 아이들의 노트를 하나씩 펼쳐 보고 있었다. 한 손에 하얀 종이를 들고 노트와 비교하고 있었다.

"거기서 뭐 해?" 내가 말을 걸었다.

미야모토가 황급히 노트를 닫았다.

"죄송해요. 바로 가져갈게요."

"뭐 하냐고?"

"아니……, 노트가 다 있는지 확인하고 있었어요."

미야모토는 노트를 안고 교무실을 향해 걷기 시작했다. 아이의 가냘픈 등을 바라봤다.

점심시간에 나가세 아키호의 어머니가 아이가 2, 3일 더 입원해야 한다고 전화로 알렸다.

"뛰어내린 이유는 들으셨어요?" 어머니에게 물었다.

나가세 아키호의 어머니는 잠긴 목소리로 말했다.

"물어봐도 이유를 안 알려 주네요. 그냥 좀 내버려두라면서 울기만 해요. 남편은 잠시 가만히 두라고 하는데……."

"혹시 몰 콘에 대해서는 물어보셨어요?"

"네, 몰 콘이 뭐냐니까 낯빛이 확 바뀌더니 막 화를 내더라고요. 누구에게 들었냐, 어떻게 알았냐면서요. 그게 뭔진 당연히 말 안 했고요."

몰 콘이 자살 시도와 관련이 있는 것만은 틀림없는 듯하다.

"그런데 어제 집에 갔다가 이상한 걸 발견했어요." 어머니가 말했다.

"이상한 거요? 뭔데요?"

"타고 남은 재요. 부엌 가스레인지 위에 있었어요."

"재요? 어떤 종이를 태웠는진 모르시고요?"

"그게, 그러니까 무슨 엽서 같았는데."

"엽서요?"

"네, 타지 않고 남은 부분에 우편번호를 적는 칸이 인쇄돼 있었거든요."

"아……."

그렇다면 엽서라고 보는 게 타당할 것이다. 그런데 왜 엽서를 태웠을까.

"한 장이었어요?"

"아뇨, 꽤 많았어요. 거의 다 타 버려서 확실하진 않지만 열 장이나 열다섯 장쯤 되는 것 같아요."

"그렇게 많은 엽서를……."

영문을 알 수 없었다. 답답한 마음에 수화기를 꼭 움켜쥐었다.

———
4

점심시간 종료를 알리는 종이 울렸다. 5교시 수업을 준비하고 교무실을 나왔다.

6학년 2반 교실로 가는 계단을 올라가는데 위에서 아이들이 떠드는 소리가 났다. 단순히 점심시간이 끝난 줄도 모르고 노는 소리가 아니었다.

"둘 다 그만해!"

"미야모토, 그만하라고."

우리 반 아이들 목소리가 들려왔다. 아무래도 싸우는 것 같다. 성실하고 얌전한 걸로 유명한 반으로서 드문 일이다. 게다가 싸움의 당사자 중 한 명은 반장 미야모토 다쿠야인 모양이다.

성큼성큼 계단을 올랐다. 복도에 아이들이 모여 있는 게 보였다. 다른 아이들에게 둘러싸인 사람은 미야모토 다쿠야와 우치야마 겐타였다. 우치야마는 성적은 좋지 않으나 애들을 잘 웃겨서 인기가 많다. 그런 아이가 다투고 있다니 의외였다.

"이거 놔!"

미야모토가 몸을 흔들며 자기 팔을 잡은 반 친구들에게 말했다. 그 눈은 우치야마를 노려보고 있었다.

"네 잘못 맞잖아! 그렇게 화낼 거면 몰 콘 같은 거 안 했으면 됐잖아." 우치야마가 미야모토에게 소리쳤다.

몰 콘……. 분명히 그렇게 들렸다.

마침내 아이들이 내가 다가온 걸 알아차렸다. 순간 그 자리에 있던 모두가 입을 다물고 줄줄이 교실 안으로 들어가기 시작했다. 미야모토도 부루퉁한 표정으로 들어갔다. 우치야마만 미야모토와 함께 들어가는 게 싫었는지 잠시 복도에 서 있었다.

"우치야마."

우치야마는 흠칫 놀라며 고개를 돌렸다. 드잡이하며 싸

웠는지 옷과 얼굴이 흐트러져 있었으나 다치지는 않은
듯해 일단 안심했다.

"잠깐 이리 와 봐."

우치야마는 두려운 거라도 본 양 뒷걸음쳤다.

"괜찮으니까 이리 와 봐." 아이의 어깨에 손을 얹고 말
했다.

우치야마는 포기한 듯 고개를 끄덕였다.

우치야마를 계단에 앉히고 나는 선 채 아이를 내려다
봤다.

"다 들었어. 너 몰 콘이 뭔지 알지? 솔직히 말해 봐."

우치야마는 가만히 바닥만 볼 뿐 아무 말도 하지 않
았다.

"대답 안 할 거야? 나가세가 저렇게 된 게 몰 콘이랑 관
련 있지? 그런데도 잠자코 있을 생각이야?"

그러자 우치야마는 입을 내밀며 머리를 마구 긁었다.

"미야모토한테 물어보세요. 그 녀석이 시작한 일이니
까요."

"선생님은 너한테 듣고 싶어서 그래. 알려 줘. 미야모토
랑 몰 콘 얘기하면서 싸우던데. 얘기해 줄래?"

우치야마 옆에 앉았다. 우치야마는 조금 망설이다가 곧 입을 열었다.

"5학년 때 인기투표를 했는데요. 처음에는 다들 좋아했는데 계속하니까 지겨워진 거예요. 근데 누가 비인기 투표를 하자는 말을 꺼냈어요. 가장 싫어하는 사람한테 투표해서 반에서 제일 미움 받는 사람을 뽑는 거죠."

"참 지독한 걸 생각해 냈구나."

나는 놀라며 말했다.

"하지만 그건 좀 아닌 것 같았어요. 애들 앞에서 제일 미움 받는 사람으로 발표되면 얼마나 괴롭겠어요. 근데 미야모토가 이상한 아이디어를 냈어요. 엽서로 투표하자는 거였어요."

"엽서로?"

"네, 투표일을 정하고 그날이 되면 엽서 뒤에 가위표를 해서 싫어하는 상대한테 보내는 거예요. 보내는 사람 이름은 안 쓰고요. 싫어하는 사람 집에 가위표를 한 엽서가 도착하면 엽서 수에 따라 자기가 얼마나 미움을 받는지 알게 되는 거죠. 대신 다른 애들은 누가 얼마만큼 엽서를 받았는지 모르니까 부끄러울 일은 없고요."

"아, 그런 거였어?"

잘도 생각해 냈네. 나도 모르게 감탄하고 말았다.

"누가 제일 미움 받았는지 모르니까 그다지 재밌을 것 같진 않은데. 그래도 그런 엽서를 받고 싶은 사람은 없을 테니까 최대한 미움 받을 행동을 하지 않으려고 조심했을 테고. 반 분위기가 좋아질 거라 예상했겠지."

이제야 6학년 2반 아이들이 왜 그토록 얌전하고 성실했는지 이해되었다. 어제 애들의 상태가 평상시와 달랐던 이유는 엽서가 도착하는 날이었기 때문이다.

"그게 몰 콘이구나."

"네, 평범한 인기투표는 정식 콘테스트이고 이건 몰래 하는 콘테스트라서 몰 콘이에요."

"뒤에서 은밀하게 하는 콘테스트라는 뜻인 거네. 그런데 왜 미야모토와 싸웠어?"

우치야마는 얼굴을 찡그리고 머리를 벅벅 긁었다.

"제가 녀석한테 엽서를 보냈거든요."

"미야모토한테? 가위표 엽서를 보냈다고?"

"네." 우치야마는 고개를 끄덕였다.

"저는 몰 콘 같은 거 싫어요. 익명으로 그런 엽서를 보내는 건 비겁한 짓이잖아요. 마음에 안 드는 게 있으면 직접 말로 하면 되는데. 그래서 전 이제까지 한 번도 엽서를 안 보냈어요. 진짜예요. 저 말고도 안 보낸 애들 꽤 돼요. 미야모토 녀석이나 좋아했죠. 걔는 자기가 절대 미움 받을 리 없다고 생각해서 몰 콘에 열을 냈어요."

"아하." 고개를 끄덕이며 물었다. "그래서 미야모토의 콧대를 납작하게 만들어 주려고 했구나?"

"충격 좀 받는 게 좋을 것 같아서요. 가위표 엽서를 받은 애가 어떤 기분인지 알게 하고 싶었어요. 그런데 녀석이 제가 엽서를 보낸 걸 알고 시비를 걸었어요. 왜 자기가 가위표를 받아야 하느냐고요. 정말 웃긴 놈이에요. 하지만 저인 걸 어떻게 알았을까요?"

우치야마는 고개를 기울였다.

아마도 필적으로 알았을 것이다. 아까 미야모토가 반 전체 아이들의 국어 노트를 조사하고 있었다. 아마도 자기가 받은 엽서와 노트의 필체를 비교했을 것이다.

나가세 아키호의 어머니가 한 말이 떠올랐다. 많은 엽서를 내운 흔적이 있었다고 했다. 몰 콘 엽서였나.

"우치야마, 나가세는 어때? 애들이 미워했니?"

"아뇨, 나가세가 맨션에서 뛰어내렸다는 얘기를 듣고 몰 콘 엽서를 많이 받아서 충격에 그랬나 잠시 생각했거든요. 근데 걔가 미움 받을 일은 전혀 없어요. 걔는 늘 친구들을 배려하니까요."

"흠."

팔짱을 꼈다. 생각 하나가 머릿속에 떠올랐다.

우치야마를 데리고 교실로 돌아왔다. 전원이 긴장한 표정으로 기다리고 있었다.

"다미야, 요시이, 가네다, 기무라."

네 사람의 이름을 부르면서 각자의 얼굴을 살폈다. 넷 다 놀란 듯 등을 꼿꼿하게 펴고 있다.

"학교 끝나고 선생님이랑 같이 나가세 병문안 가자."

넷은 흠칫하며 서로의 얼굴을 바라봤다.

5

병실 문을 두드리자 나가세 아키호의 어머니가 고개를 내밀었다.

"어머, 선생님, 아니! 친구들도 왔네."

그녀는 내 뒤에 있는 악동들을 쳐다봤다.

"얘들이 꼭 병문안을 오고 싶다고 해서 데려왔어요."

"그래요? 고맙기도 해라. 자, 어서 들어와요."

병실로 들어갔다. 나가세 아키호는 침대에 앉아 책을 읽고 있다가 나를 보자마자 고개를 획 돌렸다.

"아키호!"

어머니가 딸을 달랬다.

"괜찮아요. 너희들도 얼른 들어와."

복도에서 우물쭈물 서 있는 다미야 일행을 향해 말했다. 네 아이는 쭈뼛거리며 병실로 들어왔다.

"나가세, 얘네가 너한테 사과하고 싶대."

나가세 아키호에게 말을 건네자 아이가 천천히 고개를 돌렸다.

"미안해." 다미야가 제일 먼저 고개를 숙였다.

"그 엽서 우리가 보냈어. 장난이었어. 미안해."

다미야가 입을 열자마자 나머지 셋도 일제히 사과했다. "미안해!"

나가세는 의아한 표정으로 나를 봤다.

"너한테 몰 콘 엽서 열여섯 장이 왔지? 그거 전부 다 이 녀석들이 써서 보낸 거야."

"네?"

나가세의 눈이 크게 벌어졌다.

"진짜?"

"응, 미안해."

다미야는 다시 고개를 숙였다. 다른 애들도 다미야를 따라 고개를 숙였다.

"왜 그런 짓을……?"

"나쁜 감정은 없었어. 그냥 재밌을 것 같아서 한 거야."

"그런 거였어……."

나가세 아키호가 갑자기 훌쩍훌쩍 울기 시작했다. 네 악동은 당황했다.

"미안해! 정말 미안해!"

"다시는 안 그럴게."

"나가세, 용서해 줘."

나가세 아키호는 손바닥으로 눈물을 닦고 고개를 저었다.

"괜찮아. 화난 거 아니야. 미움 받은 게 아니라니까 안

심했어. 너무 기뻐서 우는 거야. 그렇게 많은 사람의 미움을 받느니 죽는 게 낫다고 생각했어."

"너 미워하는 사람 없어. 우리가 장난칠 상대로 널 고른 이유도 너라면 이제까지 아무한테도 가위표를 받지 않았을 것 같아서야. 그런 상대한테 장난으로 몰 콘 엽서를 보내면 재미있을 것 같았어."

"정말 아무도 나 안 미워해?" 나가세가 간절한 눈빛으로 물었다.

"그럼. 정말 미안해."

네 악동이 다시 깊이 고개를 숙였다.

다미야 무리를 의심한 이유는 나가세 아키호가 자살을 시도하기 직전 녀석들이 아이가 사는 맨션 입구 근처에서 어슬렁거리는 모습을 떠올렸기 때문이다. 따져 물었더니 자기들이 보낸 몰 콘 엽서가 무사히 도착했는지 우편함을 확인했단다.

"사람이란 말이야. 당연히 누군가를 좋아하고 싫어해. 하지만 확실한 한 가지는 사람을 좋아해서 얻는 건 많지만 싫어해서 얻는 건 거의 없다는 사실이야. 그렇다면 굳이 사람을 미워할 필요가 없지."

내 말을 듣고 네 남학생과 나가세 아키호가 고개를 끄덕였다. 다미야는 대표라도 되는 양 말했다.

"저도 그렇게 생각해요. 미야모토가 이상한 생각을 해내지 말았어야 했어요."

"그 녀석도 지금쯤 후회하고 있을 거야."

나는 아이들에게 말하며 한쪽 눈을 찡끗했다.

제5장

무토타토

1

출발 신호와 동시에 스톱워치를 눌렀다. 나카야마 순이 힘차게 출발했다. 몸집은 그리 크지 않지만 소년 축구팀 소속이라 확실히 발 회전이 빠르다. 이제까지 달린 그 어떤 학생보다 빠르다.

나카야마는 속도를 떨어뜨리지 않고 내 앞을 지나쳤다. 스톱워치를 봤다. 예상대로 최고 기록이었다.

기록을 말해 주자 나카야마는 기뻐하며 브이를 했다.

"나카야마가 1등인가? 예상대로네."

"속도가 달라."

"다리가 풍차 같았어."

"역시 체육부장이라니까. 이어달리기 마지막 주자는 역시 나카야마겠네."

주위 아이들이 감탄의 말을 쏟아 냈다.

"조용히. 아직 달릴 사람이 남았잖아."

주의를 주자 구경꾼들은 목을 움츠리며 입을 닫았다.

다음 주 일요일에 고린 초등학교의 운동회가 열린다. 나는 6학년 3반 담임으로서 체육 시간에 아이들의 달리기 실력을 점검했다. 운동회 종목 중에 반 대항 이어달리기가 있어서 선수를 정해야 하기 때문이다. 한 사람씩 차례대로 50미터를 달리게 하고 기록을 재서 성적이 좋은 다섯 명을 선수로 선발할 생각이다.

9월에 고린 초등학교 비상근 교사로 부임했다. 이 반에 특별히 애착이 있는 것은 아니고 운동회 성적에도 관심이 없다. 하지만 1년에 한 번 열리는 운동회를 손꼽아 기다리는 애들이 많고, 승부를 겨루는 이상 아이들의 입장에서는 지고 싶지 않을 것이다. 그래서 정식으로 이어달리기 선수를 선발하고 있는 참이다.

"나카야마, 너 체육부장이었어?"

달리기를 끝내고 숨을 몰아쉬는 나카야마에게 물었다.

"네." 아이가 얼굴을 일그러뜨리며 대답했다.

"운동회 종목과 출전 선수를 적는 종이 있지? 그거 갖고 있어?"

"아! 교실에 두고 왔어요."

"그러면 여학생 체육부장이랑 둘이 가서 가져와. 여학생 체육부장은 누구야?"

"저요."

구사카 에리가 일어났다. 몸집이 작고 까무잡잡한 여학생이다.

"그래, 다녀와."

둘은 나란히 학교 건물을 향해 달려갔다.

이어달리기 외에도 출전 선수를 정해야 하는 종목이 몇 개 있다. 이인삼각 달리기나 장애물 달리기, 물건 빌려 달리기 등이 있다. 고린(오륜이라는 뜻 – 옮긴이 주) 초등학교라는 이름에 집착해서 그런 건 아니겠으나 이 학교는 운동에 주력해 운동회 종목이 다른 학교보다 상당히 많다.

사실 9월부터 이 학교에서 비상근 교사로 일하기로 했을 때 살짝 우울했다. 건방진 꼬맹이들을 상대로 수업을 진행하는 것만으로도 힘에 부치는데, 운동회 같은 행사 때 아이들이 내 말을 듣도록 하는 일은 아무리 생각해도 무리다. 그 힘든 과정을 생각하니 절로 진저리가 났다.

게다가 맡아야 하는 학생이 6학년이라는 사실을 듣고 눈앞이 캄캄해졌다. 6학년은 운동회가 끝나면 바로 수학여행을 간다. 외박이 포함된 여행에서 수십 명의 아이들이 얌전하게 있을 리 없다. 일단 큰 사고만 일어나지 않으면 된다는 심정으로 굳게 마음을 먹었다.

내 심정과 달리 아이들은 잔뜩 신이 나 있다. 운동회와 수학여행이라는 커다란 행사가 연달아 있으므로 흥분하는 것도 당연하다.

여하튼 50미터 달리기는 계속되고 있다. 차례차례 아이들이 출발해 내 앞을 통과할 때마다 스톱워치를 확인했다. 역시 나카야마 슌의 기록을 넘는 학생은 없었다.

출발 순서가 된 학생이 신호를 보내기에 스톱워치를 눌렀다. 야노 쇼타가 달렸다.

동시에 주위 아이들이 키득키득 웃기 시작했다. 야노의 달리는 모습이 우스꽝스러웠기 때문이리라. 아이는 뚱뚱하고 다리가 짧아 쿵쾅쿵쾅 지면을 울리며 뛰고 있다. 나카야마처럼 지면을 차는 듯한 느낌이 아니라서 좀처럼 속도가 나지 않는다. 게다가 몸무게가 많이 나가서인지 달리자마자 고통스러운 듯 표정이 일그러지고 뺨이 벌게졌다.

야노는 다른 아이들보다 훨씬 느린 기록으로 골인했

다. 아이들의 웃음소리가 키득키득에서 깔깔로 넘어갔다.

"쟤 뭐야? 너무 웃겨!"

"굴러오는 게 더 빠르겠다!"

내가 떠드는 애들을 노려보니 입을 다물기는 하나 얼굴에는 여전히 웃음기가 남아 있다.

그때 운동회 선수표를 가지러 갔던 구사카 에리가 돌아왔다. 나카야마 슌 없이 혼자다.

"선생님, 교실에 이상한 게 있어요."

구사카 에리는 숨을 헐떡이며 말했다.

"이상한 거라니, 뭔데?"

"편지 같은 건데요. 칠판에 세워져 있어요……. 이상해서 그냥 놔두고 선생님을 부르러 온 거예요. 나카야마가 지키고 있어요."

"편지?"

구사카 에리의 이야기를 다 듣고 나서도 무슨 일인지 전혀 파악할 수 없었다. 다른 학생들에게 이인삼각 달리기를 연습하라고 지시한 뒤 구사카 에리와 함께 6학년 3반 교실로 갔다.

3반 교실은 3층에 있다. 계단을 단숨에 뛰어 올라갔더니 폐에 통증이 느껴졌다. 운동 좀 해야겠다고 반성했다.

교실 문을 열자 나카야마가 당혹스러운 표정으로 칠판 앞에 혼자 서 있었다.

"나카야마, 이상한 편지라는 게 뭐야?"

"이거요."

나카야마는 대답하며 칠판을 가리켰다.

칠판 한가운데에 하얀 봉투가 놓여 있었다. 봉투 옆에 분필로 쓴 글자를 보고 눈살을 찌푸렸다. 의미를 알 수 없었기 때문이다.

세로로 「선생무토타토아루케나」라고 적혀 있었다.

'선생'은 말 그대로일 테고, '아루케나'는 '열지 마라'라는 건가('아루케나'를 직역하면 '열지 마라'는 뜻임 – 편집자 주).

"'무토타토'가 뭐야?"

나카야마와 구사카에게 물었으나 아이들도 모르겠다며 고개를 저었다.

봉투를 살펴보니 앞면에 인쇄물에서 오려 낸 글자 세 개가 붙어 있다. 필적을 숨기려 한 듯하다. 컴퓨터와 워드프로세서가 보급된 요즘 세상에 드라마에서도 좀처럼 보기 힘든 방법이다.

가로로 '학' '교' '에'라고 세 글자가 붙어 있었다.

"꼭 『괴도 가면』(에도가와 란포의 대표작 – 옮긴이 주)에 나오는 편지 같네."

두 아이에게 말했으나 아이들은 어리둥절해할 뿐이다. 당연하다. 너무 옛날얘기다. 20가면은 나조차도 잘 모른다.

"가위 있어?"

봉투가 단단히 봉해져 있기에 물어봤다.

구사카 에리가 빨갛고 귀여운 가위를 빌려줬다. 가위로 봉투 입구를 조심스럽게 열었다. 안에는 편지지 한 장이 들어 있고 역시 활자가 붙여져 있었다. 편지의 내용을 본 내 얼굴이 절로 굳어지는 게 느껴졌다.

'수학여행' '을' '중지' '해' '라' '안' '하면' '자살' '한다' '장난' '이' '아니다'

───
2

"수학여행을 중지해라. 안 하면 자살한다. 장난이 아니다……?"

우에하라 교장은 편지를 보고 팔짱을 꼈다. 코밑의 하얀 수염이 흔들렸지만 입은 굳게 다물고 있다.

"어떻게 할까요?"

교장 책상 옆에 선 아카무라 교감이 물었다. 마른 체형에 금테 안경을 쓰고 있어 엘리트 은행원 같은 분위기를 풍기는 남성이다.

"이거 참, 큰일이군."

교장은 아주 푹신해 보이는 의자 등받이에 깊이 몸을 기댔다.

"누구 짓인지 알아낼 수 있으려나?"

교장의 질문은 아카무라 교감이 아니라 6학년 학년 부장이자 1반 담임인 요코이 선생과 2반 담임인 이와세 선생, 그리고 내게 던진 것이었다. 고린 초등학교 6학년은 학급이 세 개밖에 없다.

요코이 선생은 쉰 살 정도의 여성이다. 말투가 부드럽고 위세를 부리는 일이 없어서 아이들에게 인기가 많다. 이와세 선생은 그림자처럼 눈에 띄지 않는 중년 남성이다. 아이들 사이에서 정어리라는 별명으로 불린다(일본어

로 정어리는 이와시, 이와세로 이와 발음이 비슷해서 붙여진 별명 - 옮긴
이 주).

"그건 좀, 그렇죠……?"

요코이 선생이 동의를 구하기에 나는 고개를 끄덕이고
말했다.

"다만 편지가 저희 반에 있었던 걸로 보아 편지를 놓아
둔 아이는 저희 반 애가 아닐 겁니다."

교감이 오호! 하듯 입을 오므렸다.

"자신만만해 보이네. 무슨 근거라도 있어요?"

"편지는 수업 시간 중에 놓여졌습니다. 수업이 시작하
기 전에 마지막으로 교실을 나온 학생은 네 명인데 넷 다
그때까지 편지가 없었다고 했거든요. 또 체육 시간에 몰
래 빠져나간 아이도 없었습니다. 빠진 사람은 제 지시로
교실에 갔던 체육부장 둘뿐입니다."

"그 애들 둘이 편지를 발견했다고 했죠?"

요코이 선생이 확인하듯 묻기에 그렇다고 대답했다.

"그럼 다른 반 애가 왜 굳이 그 반 교실에 뒀을까요?"

교장이 물었다.

"정체를 들키고 싶지 않았겠죠."

빤한 일이라 시원하게 대답했다.

"그렇다면 6학년 1반이나 2반 애가 범인이란 말인가?"
이번에는 교감이 물었다.

"아마도요."

"근데 3반이 체육 수업 중이었다면 1반과 2반도 수업
중인 거잖아요. 몰래 나오면 담임이 바로 알 텐데요."

교감의 질문에 요코이 선생이 한 걸음 나서서 말했다.

"저희 반은 사회 수업이었습니다. 제가 확인한 바로는
아무도 중간에 나가지 않았습니다."

"저희는 이과 수업이었습니다. 저희 반 역시 자리를 뜬
아이는 없었습니다." 이와세 선생도 가느다란 목소리로
말했다.

"오늘 결석한 학생은?"

교감이 나를 포함한 세 교사에게 물었다. 결석한 아이
가 몰래 학교에 왔을 가능성을 생각했으리라.

하필 오늘 6학년 결석생은 한 명도 없었다. 100명 남짓
한 전원이 출석하다니 1년을 통틀어 드문 날이었다.

"어떻게 된 일이지? 그렇다면 누가 편지를 놔뒀단 말
이야?"

교장이 백발 섞인 머리를 감싸 쥐었다.

3

학교는 편지 사건을 경찰에 곧바로 알릴지 말지에 대해 결정을 내려야 했다.

"그건 좀 보류하지. 일단 돌아오는 일요일에 있을 운동회를 무사히 마치는 게 우선이야. 수학여행까지는 아직 시간이 좀 있고 그동안 편지를 쓴 사람이 밝혀질지도 모르니까."

교장이 말했다. 최대한 소동을 키우고 싶지 않을 것이다. 너무 늦지 않게 조치하기를 바랄 뿐이다.

그런데 왜 수학여행을 중지하라는 걸까. 보통 아이들은 소풍과 수학여행을 좋아하는데.

이날 6교시 국어 수업을 빨리 끝내고 수학여행 이야기를 해 보기로 했다. 이번 수학여행지는 이즈다. 아이들에게 이즈에 대해 아는 게 있냐고 물어봤다.

"『이즈의 무희』."

한 남학생이 바로 답했다. 야노 쇼타였다. 아이를 보고 고개를 끄덕여 줬다.

"맞아. 소설『이즈의 무희』가 유명하지. 혹시 작가가 누군지 아니?"

"가와바타 야스나리요."

야노가 또 바로 대답했다. 요즘 아이들은 책을 안 읽는다고들 하는데 예외도 있는 모양이다. 다른 아이들은 가와바타 야스나리라는 이름은 들어 본 적도 없다는 듯한 표정을 짓고 있다. 노벨상을 받은 작가도 소용없는 세상이다.

"다른 건 또 뭐가 있을까?"

다른 학생들의 얼굴을 바라봤으나 다시 야노가 말했다.

"『아마기 고개』."

조금 놀라서 야노의 동그란 얼굴을 응시했다.

"『아마기 고개(天城越之)』를 알아?"

야노는 고개를 끄덕이며 말했다. "작가는 마쓰모토 세이초입니다."

"오호, 잘 아네. 읽어 봤니?"

내 질문을 듣고 야노는 신난 표정으로 읽었다고 대답했다. 독서를 아주 좋아하나 보다. 달리기는 못 해도 책에 관한 지식만큼은 누구에게도 뒤지지 않는 듯하다.

그때였다. 가장 앞자리에 앉은 세키구치 준페이가 엉뚱한 소리를 했다.

"어라, 이상하네."

"뭐가?"

세키구치에게 물어보니 아이가 머리를 긁적이며 말했다.

"수학여행 안내 책자를 책상 서랍에 넣어 놨었는데 없어졌어요."

"뭐?"

수학여행 안내 책자는 교사들이 만든 소책자로 수학여행에 필요한 물품 목록이나 여행 중 주의 사항 등이 적혀 있다. 어제 아이들 모두에게 나눠 주었다.

"책상 속에 둔 거 확실해?"

"네, 체육 시간 전까지는 분명히 있었어요."

그렇다면 체육 시간에 없어졌다는 말인가. 혹시 그 편지와 관련이 있을까.

"다시 찾아보고 그래도 없으면 내일 교무실로 받으러 와. 아직 여분이 있으니까."

반 아이들을 둘러보며 말했다.

이후 나카야마 순과 구사카 에리에게 지시해 운동회 출전 선수를 결정하게 했다. 계주 선수로는 체육 시간에 잰 기록을 바탕으로 발이 빠른 남학생 다섯 명이 선발되었다. 물론 나카야마도 그 안에 들었다.

물건 빌려 달리기와 장애물 달리기 등의 출전 선수도 차례차례 결정되었다. 이들 종목에 선발되지 않더라도 50미터 달리기와 줄다리기에는 반 전체가 출전한다.

나카야마는 모든 종목의 선수가 결정되자 자리에서 일어섰다.

"모두 힘내서 우승하자!"

아이는 체육부장답게 운동회를 앞두고 당당하게 선언했다.

―――
4

방과 후 학교 청소가 시작될 무렵 야노가 다가왔다.

"선생님, 수학여행 때 비디오카메라 가져가도 돼요?"

"비디오카메라? 괜찮을 것 같은데 한번 확인해 볼게."

야노는 흐뭇한 듯 실눈을 뜨고 싱긋 웃었다.

"아, 다행이다. 안 된다고 하면 어떡하나 했어요. 『이즈의 무희』나 『아마기 고개』의 무대를 찍고 싶었어요."

"책을 좋아하는구나?"

야노는 웃으면서 고개를 흔들었다.

"책 말고 영화를 좋아해요."

"아, 그래? 『이즈의 무희』나 『아마기 고개』는 영화로도 유명하지. 혹시 장래 희망이 영화감독?"

야노는 살짝 쑥스러워하면서도 그렇다고 대답했다.

"그렇다면 이번 운동회 때도 비디오카메라를 가져오는 게 어때? 올림픽 때도 기록 영화라는 걸 찍잖아."

야노는 고개를 숙이고 머리를 긁적였다.

"아, 그게…… 운동회는 됐어요."

"흠."

좋아하던 야노의 표정이 바로 흐려지는 걸 보니 다큐멘터리 영화에는 관심이 없나 보다.

그때 청소 당번 구사카 에리가 다가왔다.

"선생님, 이런 게 쓰레기통에 버려져 있었어요."

구사카 에리가 하얀 표지의 소책자를 내밀었다. 수학여행 안내 책자였다. 구겨서 버린 듯 엉망이 되어 있었는데 뒤표지에 삐뚤빼뚤 세키구치 준페이라고 적혀 있다.

"아! 이거 세키구치의 안내 책자잖아? 세키구치!"

교실 구석에서 놀고 있는 세키구치를 불렀다. 구겨진 안내 책자를 보여 주니 세키구치는 눈을 동그랗게 떴다.

"앗! 내 거다! 선생님, 이거 제 거 맞아요. 틀림없어요. 아니, 누가 이런 짓을 한 거야?"

세키구치는 눈을 치켜뜨며 화를 냈다.

"누군지 모르겠어?" 내가 물었다.

세키구치는 고개를 저었다.

"이런 일을 당할 만한 짓을 한 기억이 전혀 없는데요. 너무하네. 앗! 여기도 찢어 놨어."

세키구치가 안내 책자를 펼치더니 얼굴을 찌푸렸다.

"찢어져? 어디가? 잠깐 볼까?"

세키구치에게서 안내 책자를 받아 살펴봤더니 정말 첫 페이지가 찢어져 있었다. '수학여행 수칙'이라는 제목에서 '수학여행'이라는 글자가 찢어져 '수칙'만 남았다.

깜짝 놀랐다. 그 편지가 떠올랐기 때문이다.

"이거 잠시만 빌려도 되니?"

세키구치에게 말하고는 안내 책자를 들고 교실을 나섰다.

교무실로 가 창가 자리에서 답안지를 채점하는 학년 부장 요코이 선생에게 종종걸음으로 다가갔다.

"그 편지 말예요. 요코이 선생님이 가지고 계시죠?"

조그만 목소리로 물었다.

"편지는 교장 선생님이 가지고 계세요. 저한테 있는 건 복사본이고요."

"한번 보여 주실 수 있을까요?"

"네, 그러죠."

요코이 선생은 책상 서랍에서 복사지 한 장을 꺼냈다. 그 편지를 복사한 것이다. 나는 세키구치의 안내 책자와 편지 복사본을 번갈아 비교하고는 고개를 끄덕였다.

"역시 맞았어. 틀림없어."

"무슨 말이에요?"

의아한 표정을 짓는 요코이 선생에게 세키구치의 안내 책자를 보여 주며 쓰레기통에 버려져 있었다고 했다.

"편지 문구 중에서 '수학여행'이라는 글자는 이 안내

책자에서 오려 낸 거예요."

"어머! 정말 그런 것 같네요." 요코이 선생도 안내 책자와 편지 복사본을 번갈아 보면서 고개를 끄덕였다.

"체육 수업 전까지는 분명히 책상 서랍에 안내 책자가 있었다고요?"

"네."

"그럼 편지 주인은 선생님 반이 체육 수업을 하는 동안 교실에 숨어들어 편지를 만들었다는 거네요."

"그런 셈이죠. 그런데 그러면 너무 이상해져요."

"이상해요? 뭐가요?"

요코이 선생 앞에서 휘리릭 세키구치의 안내 책자를 넘겼다.

"보세요. 이 책자에서 오려 낸 글자는 '수학여행'뿐이에요. 다른 데는 전혀 찢어져 있지 않아요."

"그러네요." 요코이 선생도 수긍했다.

"그 편지에는 '수학여행' '을' '중지' '해' '라' '안' '하면' '자살' '한다' '장난' '이' '아니다' 하는 식으로 글자가 따로 오려 붙여져 있었잖아요. '수학여행' 말고 다른 글자는 어디서 가져왔을까요?"

"다른 잡지나 신문 아닐까요?"

"저도 그런 것 같아요. 그런데 왜 '수학여행'만 안내 책자에서 오렸을까요?"

"다른 잡지나 신문에서는 '수학여행'이라는 글자를 찾지 못한 거 아닐까요?"

"그랬을까요? 근데 수학여행이라는 단어를 찾지 못해도 상관없잖아요. 수, 학, 여, 행을 한 글자씩 찾아 붙여도 되는데요. 신문을 조금만 뒤져도 이 네 글자는 쉽게 찾을 수 있을 텐데요. 그러면 굳이 다른 사람의 안내 책자를 훔칠 필요도 없고요."

"듣고 보니 그러네요. 도대체 어떻게 된 일일까요?"

요코이 선생은 뺨에 손을 대고 생각에 잠겼다.

그때였다. 아카무라 교감이 이마에 땀을 흘리며 황급히 이쪽으로 다가왔다.

"큰일 났어요. 전화가 왔어요." 교감이 숨을 헐떡이며 말했다.

"무슨 전화요?" 요코이 선생이 물었다.

"그 편지 주인한테서요. 우연히 내가 전화를 받았는데 6학년 3반에 놓아둔 편지를 읽었냐고 했어요."

"당연히 본인이 누군지는 밝히지 않았겠죠?" 내가 물었다.

교감은 고개를 끄덕였다.

"이름을 대라고 했는데 소용없었어요. 분명히 남자였는데 목소리가 너무 어눌해서 알아들을 수 없었어요."

아마 손수건 같은 걸 수화기에 대고 목소리를 바꿨을 것이다.

"뭐라고 하던가요?" 내가 물었다.

"토요일까지 수학여행 중지를 발표하지 않으면 반드시 자살하겠다. 그러고는 전화를 끊어 버렸어요."

"토요일……."

달력을 봤다. 오늘은 목요일이다.

─────
5

그날 밤 수수께끼 하나가 풀렸다.

방에서 누가 그 편지를 뒀을지 추리해 봤으나 그럴싸한 생각이 좀처럼 떠오르지 않았다.

제일 마음에 걸린 부분은 칠판에 적혀 있던 「선생무토타토아루케나」라는 글이었다. 무토타토의 뜻은 여전히 오리무중이다.

신문 전단지 뒤에다 사인펜으로 '무토타토'라는 글자를 수없이 써 봤다. 혹시 교사의 별명인가 했지만 아무리 별명이라도 너무 이상하다.

전단지를 휙 내던지고 소파에 누웠다. 나는 그저 비상근 교사일 뿐이다. 왜 이런 생각을 골똘히 하나 싶어 화가 났다.

TV나 보려고 리모컨으로 손을 뻗다가 전단지 쪽을 힐끔 봤다. 가로쓰기로 적힌 '무토타토'가 눈에 들어왔다.

머릿속에서 불꽃이 일었다.

다음 날 일찌감치 학교에 가서 우리 반 아이들의 가족 사항을 찾아봤다. 그다음에 몇몇 교사들에게 6학년 3반이 체육 수업을 하는 동안 어떤 수업을 했는지 물어봤다. 그 결과 편지를 쓴 사람은 한 명밖에 없다는 결과를 얻었다.

물론 여전히 문제는 남아 있었다. 범인은 알아냈는데 동기를 모르겠다. 왜 그 사람이 수학여행을 중지하고 싶어 하는지 도무지 모르겠다.

교무실에서 혼자 끙끙 앓고 있는데 학년 부장 요코이 선생이 우울한 표정으로 다가왔다.

"어젯밤에 편지 주인이 교장 선생님 집에 전화했대요."

"교장 선생님 집이요? 그래서요? 뭐라고 했대요?"

"토요일 아침에 수학여행 중지 발표를 하지 않으면 정말로 죽어 버리겠다고요. 그렇게만 말하고 전화를 끊었대요. 이름을 물을 틈도 없었다네요."

"흠, 범인이 엄청나게 초조한가 봐요. 수학여행까지는 아직 시간이 좀 있는데."

"그러게요. 그전에 운동회가 있어서 우리는 그쪽이 더 신경 쓰이는데." 요코이 선생은 잔뜩 풀이 죽은 얼굴로 말했다.

"그건가!" 나는 벌떡 일어났다.

요코이 선생이 깜짝 놀라 몸을 뒤로 젖혔다.

"왜요?"

"그 편지 교장 선생님이 갖고 계신다고 했죠?"

"네, 그런데요?"

요코이 선생을 그 자리에 두고 교장실로 가서 우에하라 교장에게 편지를 다시 보여 달라고 했다.

"뭐라도 알아냈나요?"

"네, 어쩌면요."

교장이 책상 서랍에서 봉투를 꺼내 건넸다. 나는 봉투에서 편지지를 꺼내 들고 창가로 가서 햇빛에 비춰 봤다.

"뭐 하는 거죠?" 우에하라 교장이 물었다.

"어떻게 된 건지 알아냈습니다." 나는 그렇게 말하고 씩 웃어 보였다.

6

이날 6교시 수업이 끝나고 아이들에게 말했다.

"자, 드디어 낼모레면 운동회 날이다. 운동회가 끝나면 다음은 수학여행이고. 다들 두 행사를 기대하고 있을 텐데 더 잘 즐기기 위해 선생님이 제안 하나 할게."

내 말에 아이들은 궁금증을 드러내며 눈을 반짝였다.

"우선 운동회 말인데 우리 반 활약을 비디오카메라로 찍으면 어떨까? TV 같은 데서도 올림픽 하이라이트 같은 거 해 주잖아. 그런 걸 만드는 거지."

말이 끝나자마자 교실 안이 술렁이기 시작했다.

"진짜? 재밌을 것 같다!"

"그렇지만 힘들 것 같은데."

"누가 찍어?"

"조용!" 아이들을 조용히 시켰다.

"실은 누가 찍을지 이미 정했어."

그렇게 말하고 야노 쇼타를 쳐다봤다.

"야노, 부탁할게."

야노는 갑작스러운 지명에 눈을 동그랗게 떴다.

"아! 제가요……?"

"그래, 야노를 촬영 담당으로 임명한다. 제안할 게 또 있어. 수학여행 첫날 밤에 반 대항 게임 대회를 여는데 작전 담당을 정하려고. 기왕 하는 거 이기면 좋잖아. 그 작전 담당은 체육부장 둘이 했으면 한다."

"네?!" 나카야마 슌이 큰 소리를 냈다. "왜 제가 해요?"

"적임자니까. 운동회의 연장선이라고 생각해. 구사카는 어떠니?"

"저는 괜찮아요." 구사카 에리는 자리에 앉은 채 고개를 끄덕였다.

"나머지 애들은 어때? 운동회 촬영 담당은 야노, 수학 여행 게임 대회의 작전 담당은 나카야마와 구사카. 이렇게 해도 괜찮겠어? 다른 의견 있는 사람은 말하도록."

다른 말은 더 나오지 않았다.

"그러면 이렇게 하기로 하자." 나카야마와 야노의 얼굴을 보며 말했다.

둘 다 어안이 벙벙한 표정이었다.

방과 후 두 아이들을 불러서 학교 건물 옥상으로 데리고 갔다.

"둘 다 왜 그래? 표정이 영 밝지 않네. 하고 싶지 않은 일을 떠맡아서 화났어?"

두 사람을 번갈아 내려다보며 말했다. 아이들은 나란히 침묵을 지켰다. 나카야마는 먼 산을 보고 있고 야노는 고개를 떨구고 있다.

주머니에서 편지를 꺼냈다. 둘은 힐끔 이쪽을 보더니 굳은 표정을 지었다.

"야노, 이거 네가 만들었지?"

"그게 뭔데요? 전 모르는 거예요." 야노가 고개를 좌우로 흔들었다.

"모른 척해도 소용없어. 네가 3학년 동생을 시켜서 체육 시간에 교실 칠판에 두라고 한 거 다 알아. 이제 포기하고 솔직히 털어놔."

야노는 입술을 굳게 다물고 다시 땅을 바라봤다. 자백이나 마찬가지였다.

내가 야노에게 관심을 가지게 된 계기는 「선생무토타토아루케나」라는 문장 때문이었다. 무토타토가 무슨 말인지 통 알 수 없었는데 간밤에 가로쓰기로 해 놓고 보니 그 의미를 깨달았던 것이다. 무토타토는 원래 '이외'라는 한자였다. 범인은 「선생 이외에는 열지 마」라고 쓴 것이다. 그게 왜 '무토타토'가 되었을까.

이유는 하나다. 편지를 쓴 사람과 그것을 둔 사람이 달랐기 때문이다. 범인은 알리바이를 만들기 위해 공범을 이용했다. 범인은 「선생 이외에는 열지 마」라는 문장을 메모지에 가로쓰기로 적은 다음 편지를 넣은 봉투와 함께 공범에게 넘겼다. 그리고 6학년 3반이 체육 수업을 하는 동안 봉투를 칠판에 세워 놓고 메모에 적힌 대로 칠판에 쓰라고 지시했다.

그런데 공범은 칠판에 메모지의 문장을 베낄 때 세로

쓰기를 해 버렸다. 게다가 공범은 '이외'라는 한자를 몰랐다. 가로로 쓰인 한자 '이외(以外)'를 가타카나 '무토타토 (ムトタト)'로 읽고 가로로 쓴 것이다.

여기까지 추리하니 그다음은 그리 어렵지 않았다. 우리 반에서 남동생이나 여동생이 이 학교에 다니는 아이를 찾아봤다. 그중에서 수업 중에 교실을 나올 기회가 있었던 아이를 조사했다. 그러자 야노 쇼타의 동생 겐타에게 그 기회가 있었음을 알게 되었다. 야노 겐타는 3학년 2반인데 미술 시간이라 반 전원이 옥상에 올라가서 근처 풍경을 그렸다. 그러므로 물건을 놓고 왔다는 핑계를 대고 내려가 6학년 3반 교실에 몰래 들어갈 수 있었던 것이다.

"왜 그랬어? 솔직히 말해 봐."

내가 물어도 야노는 대답하지 않았다. 그저 고개를 떨구고 뺨을 붉게 물들이고 있을 뿐이다.

"느려서? 달리기에서 꼴찌 하는 게 두려워서? 애들이 놀리는 게 싫어서?"

야노가 살짝 고개를 끄덕였다. 나는 한숨을 쉬었다.

"정말 한심한 생각을 했네. 달리기 꼴찌가 뭐라고. 근데 유감이다. 네 계획은 처음부터 실패했어. 자, 봐. 네가 쓴 편지랑 좀 다르지?"

봉투를 열고 편지지를 꺼내 야노에게 보여 줬다.

야노는 깜짝 놀라며 눈을 부릅떴다.

"맞아. 여기에는 '수학여행을 중지해라'라고 적혀 있지? 너는 다르게 썼을 거야. 너는 '운동회를 중지해라, 안 하면 자살한다'라고 적었어. 근데 이걸 처음으로 발견한 사람이 '운동회'라는 글자를 떼어 내고 안내 책자에서 '수학여행'이라는 글자를 오려 붙였어. 그래서 나와 학교 선생님들은 운동회를 중지할 생각은 전혀 못 했단다."

"누가 그런 짓을⋯⋯?"

"여기 있는 나카야마가. 봉투를 발견하고 구사카가 선생님을 부르러 간 사이 내용을 몰래 읽고 순간적으로 내용을 바꾸자고 생각한 거야. 그렇지?"

나카야마를 봤다. 아이는 부루퉁한 표정으로 더는 얼버무릴 수 없다고 판단했는지 입을 내밀며 말했다.

"전 운동회가 중지되길 바라지 않았어요⋯⋯. 오히려 기대하고 있었어요."

"그래, 너는 발이 빨라서 운동회에서 확실히 스타가 될 테니까. 그럼 편지지만 버리면 되지. '수학여행'으로 바꿀 필요까지는 없었잖아?"

나카야마가 입술을 깨물었다. 나카야마의 얼굴을 내려다보며 말을 이었다.

"넌 5학년 때 임간 학교(여름 방학 때 실시하는 야외 학습 활동 - 옮긴이 주)도 안 갔더라. 이번 수학여행도 가고 싶지 않았던 너만의 이유가 있겠지. 야노의 편지를 발견한 순간 이걸 이용해서 수학여행을 중지시켜 버리자고 생각한 거야. 그렇지?"

나카야마는 바지 주머니에 양손을 찔러 넣은 채 허공에다 발 차기를 했다.

"4학년 때 수술을 받았어요. 맹장 수술이요. 그런데 수술이 제대로 안 돼서 흉터가 심해요. 그래서……."

"애들이랑 같이 목욕할 때 흉터가 보이는 게 싫어서 외박하는 여행을 피했다?"

나카야마는 조그만 목소리로 그렇다고 대답했다.

"정말 엉뚱한 녀석들이구나. 너희들, 앞으로도 싫은 게 있으면 계속 도망칠 생각이야? 장담하건대 그런 식으로 넘어갈 수 있을 만큼 인생은 만만하지 않아."

두 아이에게 옥상 철조망 쪽으로 오라고 한 다음 그 옆에 세웠다.

"밑을 봐. 사람들이 잔뜩 있지? 학교 운동장에도 있고 거리를 걷는 사람도 있어. 달리는 차에도 사람이 타고 있지. 너희들도 아래에 있으면 저 사람들 가운데 하나일 뿐이야. 티끌 같은 한 사람이라고. 발이 빠르든 느리든, 배에 상처가 있든 없든 세상에서 보면 작은 존재에 불과해. 물론 그런 사소한 일을 두고 웃거나 놀리는 사람이 있겠지. 하지만 그 사람도 늘 너희 생각만 하는 건 아니야. 야노의 발이 느린 거나 나카야마의 배에 흉터가 있는 거 정도는 다들 금방 잊어버린단다. 그런데도 머리 싸매고 고민만 하고 있다니 얼마나 바보 같은 일이니? 더 큰 걸 생각해야지. 무조건 피하려 들면 안 돼. 도망쳐서 해결될 일은 이 세상에 하나도 없어. 알았니?"

두 아이들에게 말했다. 아이들은 조심스럽게 고개를 끄덕였다.

"좋았어! 자, 운동회와 수학여행을 실컷 즐겨 보자. 열심히 해 주길 바랄게. 알았지?"

"네!" 이번에는 두 아이 모두 힘차게 고개를 끄덕이며 대답했다.

제6장

신의 물

1

수도에 호스를 연결하고 수도꼭지를 돌렸다. 샤워 노즐에서 힘차게 물이 뿜어져 나왔다.

기다란 호스를 끌고 왔다 갔다 하며 화단에 물을 뿌렸다. 물 맞은 팬지 꽃잎이 흔들렸다.

4월부터 롯가쿠 초등학교에서 6학년 3반 담당 비상근 교사로 근무하고 있다. 아이들이 5학년일 때 담임이 출산 휴가에 들어가서 내게 일이 왔고 일단 여름 방학 전까지 6학년 3반을 돌보기로 했다.

롯가쿠 초등학교는 교외라고 표현할 수 있는 곳에 세워져 있어서 교내 화단이 아주 볼 만했다. 다만 그 화단 가꾸는 일을 교사들이 돌아가면서 해야 하는 건 솔직히 좀 지긋지긋했다. 이번 주 담당은 바로 나다.

화단에 물을 주는데 바스락 소리와 함께 움직이는 뭔가가 시야에 잡혔다. 자세히 보니 갈색과 하얀색 줄무늬가 있는 고양이가 금목서 아래에 숨어 있었다. 고양이는 잠시 이쪽을 관찰하다가 재빠르게 담을 넘어갔다. 교외에 세워진 초등학교는 길고양이들에게 최고의 놀이터일 것이다.

화단을 보살피는 사이 바로 옆 음악실에서 노랫소리가 들려왔다. 지금은 우리 반 음악 시간이니 노래하는 학생들은 우리 반 애들이다.

창가의 남학생 하나가 나를 발견한 듯 노래하며 이쪽을 보고 있다. 장난꾸러기 마에다 아쓰시였다.

이 녀석, 딴짓하지 마. 소리 없이 입만 움직여 나무랐으나 마에다는 싱글싱글 웃기만 했다.

그러는 와중에 종이 울렸다. 수돗물을 잠그고 호스를 정리했다.

음악 시간 다음, 그러니까 4교시는 수학이다. 교무실에서 수업 준비를 마치고 시작종이 울리기를 기다리다가 교실로 향했다.

교실 문을 열자 당번이 목소리를 높였다.

"일어나!"

이어서 "인사! 앉아!"라고 했다. 오늘은 서른다섯 명 전원이 출석했다.

"아까 노래하는 거 들었는데 아주 잘하더라."

내가 말하자 맨 앞줄에 앉은 마쓰시타 겐타로가 얼굴을 찌푸렸다.

"어차피 노래할 거 더 멋있는 노래를 부르면 좋을 텐데."

아이는 모두에게 동의를 구하듯 말했다. 마쓰시타는 이 반에서 리더 같은 존재다.

"맞아. 스피드나 스마프 노래 같은 거."

여학생 가운데 리더 격인 하나이 리사가 응수한다. 곧이어 브라비가 좋다는 둥 ELT 노래를 하고 싶다는 둥 여기저기서 의견이 쏟아졌다.

"얘들아! 음악실은 노래방이 아니야."

와락 웃음이 쏟아졌다. 아이들의 웃음소리를 기점으로 수업을 시작하기 위해 수학 교과서를 펼쳤다.

그때였다. 뒤편에서 콰당 의자 쓰러지는 소리가 났다. 고개를 들어 보니 맨 뒷자리에 앉은 마에다 아쓰시가 바닥에 쓰러져 있고 주위 애들이 "앗!"하는 소리를 흘리고 있다.

"마에다, 왜 그래?"

교과서를 교탁에 놓고 마에다에게 달려갔다. 마에다는 배를 움켜쥐며 괴로운 듯 얼굴을 찡그리고 있다. 아이의 안색이 창백했다.

"왜 그래? 정신 차려!"

이름을 불렀으나 마에다는 목소리조차 내지 못했다. 사태가 심상치 않음을 직감했다.

"반장, 자습시키고 있어."

그렇게 말하고는 마에다를 안았다.

보건실에 도착했을 때 아이의 몸은 축 늘어져 있었고 끙끙 신음만 흘렸다.

"무슨 일이에요?"

요시오카 기요미 선생이 놀라며 일어났다. 하얀 가운에 미니스커트가 잘 어울린다. 하지만 지금은 그런 생각을 하고 있을 때가 아니다. 전후 사정을 설명하고 마에다를 침상에 눕혔다.

"이상한 음식을 먹었나요?"

요시오카 선생이 마에다의 상태를 보고 물었다.

"그럴 리 없는데요. 바로 앞 시간이 음악이었어요."

"아무래도 중독 증상 같아요. 구급차를 불러야겠어요."

요시오카 선생은 책상 위의 전화기를 들었다. 그녀는 전화를 걸기 전에 내 쪽으로 몸을 돌리고 말했다.

"교실로 가셔서 마에다가 뭘 먹었는지 조사해 주세요. 다른 아이들도 같은 걸 먹는다면 큰일 나니까요."

그녀의 말이 백번 옳다. 크게 고개를 끄덕여 보이고 보건실을 나왔다.

6학년 3반 교실에서는 아이들이 마음대로 자리를 옮겨 다니며 떠들고 노는 중이었다. 내가 들어가자마자 녀석들은 서둘러 자기 자리로 돌아갔다.

마에다 아쓰시의 자리로 가서 아이가 뭘 먹었는지 조사했다. 책상 서랍에 뭔가 들어 있기에 꺼내려고 손을 넣었다가 다시 빼냈다. 그러고는 주머니에서 손수건을 꺼내 손을 감싼 후 안에 있는 걸 집었다. 지문이 묻지 않도록 한 것이다.

책상 서랍에는 생수 페트병이 있었다. 물이 반쯤 남아 있는 500밀리리터짜리 병이었다. 마에다가 이걸 마신 건가.

고개를 갸웃하며 페트병을 보다가 기묘한 걸 발견했

다. 라벨에 매직으로 글자가 적혀 있었다. 그다지 잘 썼다고 할 수 없는 글씨로 '신의 물'이라고 가로로 적혀 있다.

신의 물? 무슨 소리지?

페트병을 들고 교단으로 돌아왔다.

"이 물 뭐야? 혹시 아는 사람 있어?"

아이들에게 물어봤으나 대답하는 사람은 없었다.

2

오후에 경찰이 와서 이것저것 조사하는 바람에 수업이 제대로 이루어지지 않았다. 형사 몇 명은 교실까지 찾아오기도 했다.

페트병은 일찌감치 형사들에게 맡겼다. 가사이라는 뚱뚱한 중년 형사는 페트병을 보더니 예상했던 질문을 던졌다.

"신의 물이라니…… 무슨 뜻입니까?"

물론 나도 모른다고 대답할 수밖에 없었다.

마에다는 근처에서 가장 큰 병원으로 이송되었다. 어떤

처치를 받았는지는 모르나 어쨌든 큰일이 일어나지 않았다고 한다. 다만 한동안 입원을 해야 한단다.

방과 후 어디서 들었는지 TV 방송국을 비롯한 언론 관계자들이 학교 주변에 무리를 짓기 시작했다. 최근 독극물을 이용한 범죄가 늘었는데 마에다 일도 비슷한 결의 사건으로 보였을 터다. 한동안 시끄럽게 생겼다는 생각에 우울해졌다.

오후 5시가 넘어 형사들과 함께 병원에 갔다. 마에다가 조금은 대화가 가능한 상태가 되었다고 해서 형사들이 조사를 하겠다며 나선 것이다. 담임인 내가 곁에 있어야 아이가 안심할 거라고 하기에 형사들과 동행했다.

"그 페트병 말입니다."

가사이 형사가 병원으로 가는 경찰차 안에서 입을 열었다.

"뭐가 들어 있었나요?"

내 질문에 그가 고개를 끄덕였다.

"비소가 검출되었습니다."

"비소……."

내 얼굴에서 핏기가 사라지는 게 느껴졌다. 비소라면

살인에 자주 사용되는 독극물 아닌가.

"많이 들어 있었어요?"

"아뇨, 대량이라고 할 정도는 아니었습니다. 그렇지만 좀 더 마셨으면 위험할 뻔했습니다. 다행히 마에다 군은 그리 많이 마시지 않았다고 합니다."

고개를 절레절레 흔들었다. 말도 안 되는 사건이 벌어졌다. 도대체 세상이 어떻게 되려고 이러는지 모르겠다는 생각이 새삼 들었다.

경찰차는 곧 병원에 도착했다. 마에다는 개인 병실에 있었다. 아직 낯빛이 좋지 않았고 수척해 보였다. 그래도 내 얼굴을 보자마자 미소를 지어 그나마 안심했다. 어머니가 아이를 간병하고 있었다.

"큰일 날 뻔했어. 기분은 좀 어때?"

가사이 형사가 부드럽게 말을 걸었다.

마에다는 괜찮다고 답했다. 목소리는 작았으나 또렷한 말투였다.

"네 책상에서 페트병이 발견됐는데 그 물을 마셨니?"

마에다는 고개를 끄덕였다. 그러다 나를 보고 주저하는 표정을 지었다.

"신의 물이라고 적혀 있던데 네가 쓴 거야?"

"신의 물이요?"

마에다가 눈을 동그랗게 떴다.

"그래, 종교에서 믿는 '신' 말이야. 네가 쓴 게 아니야?"

"전 그런 거 쓴 적 없는데요?"

마에다는 그렇게 말하고 몇 번 눈을 깜빡였다. 뭔가를 생각하는 듯 보였다.

"그 물은 어디서 났어? 네가 학교에 가져왔어?"

마에다는 아니라며 고개를 저었다.

"그럼 어디서 났어? 어떻게 해서 네가 가지고 있었어?"

"그게, 책상 서랍에 있었어요."

"있던 거라고? 너도 모르는 사이에?"

"네……."

"물이 있다는 사실을 언제 알았어? 아침에 학교 왔을 때는 없었고?"

"네, 그게…… 수학 수업이 시작되기 전에 책상 속을 봤는데 있었어요."

"흠."

가사이 형사는 이해할 수 없다는 표정으로 내 쪽을 돌

아봤다.

"수학 전에 무슨 수업이었습니까?"

"음악이요. 그래서 다들 음악실에 갔을 거예요."

"음악실에 가면 교실 문은 잠가 둡니까?"

"아니요."

"그렇군요."

가사이 형사는 알겠다는 얼굴로 고개를 끄덕이고 다시 마에다를 봤다.

"그렇다면 넌 전혀 모르는 물을 그냥 마셨다는 거야? 마시기 전에 이상하다는 생각 안 했어?"

"그러긴 했는데 음악 시간에 노래를 해서 목이 많이 말랐어요. 누가 착각하고 넣어 놓은 줄 알았어요. 괜찮을 것 같아서 한 모금 마셔 봤어요. 그런데 되게 이상한 맛이 나서 바로 뱉었는데……."

마에다가 거기까지 말했을 때 잠자코 있던 아이의 어머니가 나무라듯 말했다.

"앞으로는 어디서 났는지 모르는 건 먹지 마."

"그래도 수돗물보다는 낫다고 생각했어. 엄마가 수돗물 마시지 말라며."

"그야 그렇지만."

"평소에 수돗물을 마시지 말라고 말씀하셨어요?"

가사이 형사가 마에다의 어머니에게 물었다.

"네, 요즘은 물이 더럽다고들 하잖아요. 집에서도 정수기를 써요."

"다른 애들도 다 그래요. 사회 수업 때 수돗물에 여러 가지 화학 물질이 섞여 있다는 이야기를 듣고 나서는 다들 페트병에 든 생수만 마셔요."

"어허, 생수만 마신다고? 세상 많이 변했네."

가사이 형사가 나를 보고 한숨 섞인 목소리로 말했다.

"학교에 페트병 생수를 가져와도 됩니까?" 병실을 나오자마자 가사이 형사가 물었다.

"원칙적으로는 학교에 다른 물건은 가져오지 못하게 하고 있어요. 하지만 물 정도는 몰래 가져올 수도 있을 거예요."

내 대답을 듣고 가사이 형사가 수긍하듯 고개를 끄덕였다. 그때 한 젊은 형사가 종종걸음으로 달려와 가사이 형사에게 속삭였다. 가사이 형사의 얼굴이 심각해졌다.

"무슨 일이에요?" 내가 물었다.

"페트병에서 마에다 군 이외의 지문이 검출되었다고 합니다. 게다가 아이 지문인 것 같답니다."

3

다음 날 1교시 수업을 시작하기 전에 아이들에게 말했다.

"어제 마에다의 책상 서랍에 물이 든 페트병이 들어 있었어. 혹시 그걸 만진 사람이 있니?"

갑자기 아이들이 술렁였다. 마에다가 병원에 실려 간 사실은 다들 알고 있었으므로 역시 그 페트병에 뭔가 들어 있었다고 짐작했을 것이다.

"조용히. 혼내려는 게 아니야. 그냥 만진 사람이 있는지 알고 싶어서 그래. 솔직히 말해 봐."

그때 앞자리에 앉은 마쓰시타 겐타로가 손을 들었다.

"저요."

"언제?"

"어제 마에다가 보건실로 간 다음에요. 책상에 있길래

궁금해서 꺼내 봤어요."

"너 혼자 만졌어?"

"아뇨, 다른 사람도 있었어요."

마쓰시타는 말하며 자신의 뒷자리를 둘러봤다.

하나이 리사가 조심스럽게 자리에서 일어섰다.

"저도 만졌어요. 마쓰시타가 꺼낸 페트병이 뭔가 해서
보여 달라고 했어요."

"또 다른 사람은?"

교실 전체를 쭉 둘러봤다. 창가 뒤쪽에서 세 번째 자리
에 앉은 하시모토 유타가 고개를 긁적이며 일어섰다.

"저도 잠깐 만졌어요."

"너도 마에다가 보건실로 간 다음에 만졌어?"

"네."

하시모토가 고개를 끄덕였다. 파란 셔츠에 달린 금색
단추가 반짝반짝 빛났다.

"마쓰시타, 하나이, 하시모토? 또 다른 사람은? 잘 생각
해 봐."

다른 아이들은 손을 들거나 일어나지 않았다. 아이들에
게 자습을 시키고 세 아이를 교실 밖으로 데리고 나왔다.

"앞으로 조금 불쾌한 일을 겪을 수도 있는데 참아야 돼. 마에다에게 그런 짓을 한 범인을 잡으려면 경찰에 협조해야 하니까."

복도를 걸으면서 아이들에게 말했다.

"불쾌한 일이요?" 하나이 리사가 물었다.

"지문을 채취할 거야. 페트병에 묻은 지문과 비교해야 하거든."

지금 교무실 옆 회의실에 형사과 감식자가 대기 중이다. 교장과 교감의 입회 아래 아이들의 지문을 채취하기 위해서다. 물론 사전에 아이들의 보호자에게 연락해 허가를 받았다.

"선생님, 진짜 그 페트병에 독이 들어 있었어요?" 마쓰시타 겐타로가 질문을 던졌다.

"글쎄다, 선생님은 자세한 사정은 몰라."

오늘 아침 교직원 회의에서 학생들에게 사건과 관련된 얘기를 함부로 하지 말라는 지시가 떨어졌다.

"쳇! 모르는 척하지 마세요. 선생님이 모를 리가 없잖아요. 어제 마에다가 입원한 병원에도 갔으면서." 마쓰시타가 입을 삐죽 내밀었다.

"자세한 얘기를 알고 싶으면 경찰한테 직접 물어봐. 곧 만날 거니까."

"경찰이 알려 주겠어요?"

"그야 너희들이 어떻게 묻느냐에 달려 있겠지."

"무슨 말씀이세요?"

교무실 바로 앞에서 걸음을 멈췄다. 주위에 아무도 없다는 사실을 확인하고 허리를 굽혀 마쓰시타의 귓가에 속삭였다.

"사실대로 말해 줄 때까지 지문을 채취하지 않겠다고 하면 돼. 억지로 하려고 하면 교육 위원회에 알릴 거라고 해. 걱정하지 마. 틀림없이 뭐든 알려 줄 거야."

마쓰시타는 내 얼굴을 뚫어지게 바라봤다.

"선생님, 생각보다 나쁜 사람이네요."

"아니면 이 일을 계속할 수 없거든."

나는 세 학생의 등을 밀었다.

4

점심시간에 학년 부장 하라다 선생과 함께 교장실에 불려 갔다. 하라다 선생은 뚱뚱하고 선한 인상을 가진 중년 남성이다. 상황상 어쩔 수 없이 조금 긴장한 듯했다.

교장실에는 교장과 교감 말고도 가사이 형사를 비롯한 남자 셋이 나와 하라다 선생을 기다리고 있었다. 가사이 형사 이외의 둘 역시 형사일 것이다.

"바쁘신데 죄송합니다. 지문 조회 결과가 나왔습니다."

가사이 형사가 말했다.

"결과는요?"

내가 묻자 가사이 형사는 수첩을 꺼내 사뭇 점잖은 체하며 천천히 수첩을 펼쳤다.

"결론부터 말씀드리면 페트병에서 검출된 지문의 신원은 모두 밝혀졌습니다. 선생님 반에서 페트병을 만졌다고 한 마쓰시타 겐타로, 하시모토 유타, 하나이 리사, 그리고 피해자인 마에다 아쓰시까지 네 명의 지문이 다 일치했습니다."

"그렇다면 지문에 대한 의문은 해결된 셈이네요? 범인

은 지문을 남기지 않았다는 얘기잖아요."

내가 말했다. 그런데 아무도 동의하지 않았다. 대머리 교장은 심각한 표정으로 팔짱을 끼고 있고, 교감은 떨떠름한 표정을 짓고 있었다. 가사이 형사는 어색한 듯 뺨을 긁고 있다.

"왜 그러시죠? 그렇게 해석하는 게 맞지 않나요?"

세 형사를 둘러보며 말했다.

가사이 형사가 입을 열었다.

"지문이 뭔지 아시죠?"

"당연히 알죠. 손가락에 있는 문양이잖아요."

"그렇죠. 물건에 닿으면 그 문양이 도장처럼 남습니다. 질문 하나 드릴게요. 두 개의 도장이 찍혀 있다면 나중에 찍힌 게 어떤 건지 알 수 있을까요?"

"그럼요. 위에 찍힌 게 나중에 찍힌 거 아니에요?"

"맞습니다. 지문도 마찬가집니다. 여러 지문이 겹쳐 있는 경우 똑같은 방식으로 어떤 지문이 먼저 찍혔는지 밝혀낼 수 있습니다."

"무슨 말씀인지는 알겠는데, 그게 왜요?"

"한 가지 골치 아픈 일이 생겼습니다."

"골치 아픈 일이라뇨?"

"페트병에 찍힌 지문을 자세히 조사한 결과 지문 몇 개가 겹쳐져 있었습니다. 그뿐이라면 당연히 문제가 없겠죠. 그런데 딱 한 군데가 기묘합니다."

"기묘하다니…… 무슨 말씀이세요?"

"마쓰시타의 지문 위에 마에다의 지문이 있었습니다."

"마쓰시타 위에 마에다요?"

머릿속으로 가사이 형사가 한 말의 뜻을 정리했다. 뭐가 이상하다는 건지 바로 알아차리지 못했기 때문이다. 하지만 곧 형사의 말뜻을 이해하고는 "설마!" 하고 중얼거렸다.

"이상하죠? 이상할 수밖에 없죠. 마쓰시타는 다른 두 아이들과 마찬가지로 마에다가 보건실로 실려 간 다음에 페트병을 만졌다고 했습니다. 그렇다면 마에다의 지문 밑에 마쓰시타의 지문이 있을 수 없습니다. 이 부분을 어떻게 해석해야 좋을지 걱정입니다."

얄밉게 말하는 가사이 형사의 얼굴을 쩨려봤다.

"마쓰시타가 범인이란 말인가요? 걔가 페트병에 독을 넣었다고요?"

"적어도 마에다보다 먼저 페트병에 손을 댄 건 확실합니다."

"마쓰시타에 대해서라면 제가 잘 알아요. 절대 그런 일을 할 애가 아니에요. 정의롭고 성실한 학생이에요."

하라다 선생이 내 뒤에서 말했다. 나도 고개를 끄덕이며 덧붙였다.

"게다가 마쓰시타는 마에다와 사이가 좋았어요."

"일단 마쓰시다 학생을 불러 주시겠습니까? 본인에게 확인하는 게 제일 빠르니까요."

형사의 요구에 어떻게 대처해야 할지 몰라 교장을 바라봤다. 그는 어쩔 수 없다는 얼굴로 나를 향해 고개를 끄덕였다. 한숨을 한 번 내쉬고 교장실을 나섰다.

5

마쓰시타를 교장실에 데려왔다. 교사들이 지켜보는 가운데 가사이 형사가 질문을 시작했다. 마쓰시타는 겹친 지문에 대한 이야기를 듣고 깜짝 놀랐다.

"어떻게 그런 일이 있을 수 있을까? 마에다보다 네가 먼저 페트병을 만졌다는 얘기잖아. 아저씨가 알아들을 수 있게 설명해 줄래?"

마쓰시타는 반항 가득한 표정을 짓고는 고개를 숙였다.

"저는 몰라요."

"모른다고? 그럴 리 없을 텐데. 네 지문이 분명히 찍혀 있거든."

"정말 모르는 걸 어떡하라고요."

"말하는 태도가 왜 그래?"

교감이 야단을 쳤다. 그러자 마쓰시타는 쾅당 소리를 내며 일어섰다.

"저 나쁜 짓 한 적 없어요!"

아이는 그렇게 말하고 교장실을 뛰쳐나갔다. 복도를 달리는 소리가 들렸다.

"따라가."

가사이 형사가 젊은 형사에게 명령했다. 나는 문 앞을 막아서며 젊은 형사를 제지했다.

"잠깐만요. 당장 억지로 애를 데려온다고 해도 문제는 해결되지 않을 거예요. 틀림없이 입을 다물고 아무 말도 안 할 거라고요."

"그렇다고 가만있을 수는 없습니다."

가사이 형사의 말에 나는 깊이 고개를 숙였다.

"하루만 기다려 주십시오. 제가 내일까지 반드시 마쓰시타가 다 말하도록 하겠습니다."

"그렇게 말씀하셔도, 참!"

가사이 형사는 한동안 생각에 잠겨 있다가 마침내 받아들였다.

"알겠습니다. 선생님에게 맡기죠. 저도 초등학생이 같은 반 친구의 음료수에 독을 넣었다고는 생각하지 않습니다. 아무래도 무슨 비밀이 있는 것 같군요. 부디 알아내 주시길 바랍니다."

나는 감사의 의미로 다시 고개를 숙였다.

점심시간이 끝나고 5교시 수업을 하기 위해 교실로 갔다. 마쓰시타가 보이지 않기에 아이들에게 어디 갔는지 물었다.

하나이 리사가 자리에서 일어났다.

"집에 갔어요."

"집에? 왜?"

"잘 모르겠어요. 기분이 나쁘대요."

범인으로 몰린 게 충격이었는지, 아니면 숨기는 게 있는 까닭인지는 모르겠다. 어쨌든 퇴근하며 마쓰시타네 집에 가 보자고 생각했다.

마쓰시타의 집은 아파트 단지 3층에 있었다. 집을 방문하니 어머니가 미안하다는 얼굴로 말했다.

"죄송해요. 선생님을 보고 싶지 않다고 고집을 부리네요. 아까 집에 온 뒤로 내내 자기 방에 틀어박혀서는…….
학교에서 무슨 일이 있었나요?"

지문을 채취한 일에 관해서는 어머니도 알고 있었으나 아들이 의심까지 받았다는 사실은 아직 모를 테니 뭐라고 설명해야 좋을지 난감했다.

"아뇨, 아무 일도 없었습니다. 아이가 갑자기 조퇴했다기에 걱정돼서요. 괜찮은지 확인하려고 왔습니다. 아픈 게 아니라면 됐습니다."

"걱정 끼쳐 드려 죄송해요. 내일은 꼭 학교에 갈 거예요."

"그럴까요? 그럼 안녕히 계세요."

집을 나서는데 신발장 위에 놓인 뭔가가 눈에 들어왔

다. 고양이 사료 캔이었다.

아파트 단지에서 고양이를 키워도 되나 의문이 들었다. 하지만 몰래 키우는 건지도 모르니 묻지 않기로 했다.

마쓰시타의 집을 나와 역으로 향하는데 학교에 두고 온 게 생각났다. 귀찮았으나 다시 돌아가기로 마음먹었다. 해는 이미 완전히 저물어 가로등이 없는 곳은 어두웠다.

롯가쿠 초등학교 뒷문 근처까지 왔을 때였다. 어디선가 유리창 깨지는 소리가 났다.

"누구야!" 한 남자가 호통치는 소리가 이어졌다.

소리가 난 쪽으로 달렸다. 웬 남자아이 하나가 달아나는 게 보였다. 꽤나 발이 빨라서 금세 사라졌다.

학교 뒷문 맞은편에 있는 집에서 트레이닝복 차림의 쉰 살가량 되어 보이는 남자가 뛰어나왔다.

"무슨 일이에요?" 내가 물었다.

"누가 돌을 던져서 유리창이 깨졌어요. 보나 마나 이학교 악동 짓이겠죠. 열 받아!"

트레이닝복의 남자가 롯가쿠 초등학교를 향해 침을 뱉었다.

하필 내 앞에서 이런 일이 생기다니. 성가시기는 했으나 못 본 척할 수는 없었다. 나는 남자에게 이 학교 교사라며 말했다.

"내일 교직원 회의 때 보고할 테니까 자세한 정황을 들려주세요."

"아뇨, 됐어요. 뭐, 당신네 학교 학생이 그랬다는 법이 있는 것도 아니고."

남자는 갑자기 당황하더니 잽싸게 집 안으로 들어가 버렸다.

이상했지만 다시 가던 길을 걷기 시작했다. 그때 길가에서 뭔가가 반짝 빛났다.

주워 보니 금색 단추였다.

──────
6

다음 날 아침 1교시 수업을 하려고 교실에 갔다. 제일 앞자리에 있어야 할 마쓰시타가 없었다. 아이 어머니가 오늘은 꼭 학교에 올 거라고 하더니 역시 범인 취급을 당한 게 큰 충격이었나.

그러나 경찰이 지문에 대해 의문을 품는 건 당연했다. 마쓰시타가 범인이라고 생각하지는 않으나 뭔가 숨기고 있을 가능성은 있다.

미심쩍은 점이 또 있다. 간밤의 유리창 사건.

1교시가 끝나는 종이 울렸다. 수학 교과서를 덮으면서 하시모토 유타를 불렀다.

"하시모토."

아이가 깜짝 놀라며 나를 봤다.

"교무실로 바로 와."

하시모토는 불안한 표정을 지으며 고개를 끄덕였다.

교무실에서 아이를 기다렸다. 하시모토는 곧장 나를 찾아왔다. 오늘은 하얀색 트레이닝복을 입고 있다.

"하시모토, 늘 입고 다니던 파란색 셔츠는 어떻게 했어? 금색 단추가 달린 셔츠 말이야."

"네?"

하시모토의 동그란 얼굴이 점점 붉어졌다.

"오늘은 왜 그거 안 입었어? 네가 좋아하는 옷 아니었어?"

생글생글 웃으며 물었다.

"그건, 아아, 지금 빨아서……."

하시모토는 머리를 긁적이며 말했다. 갈팡질팡 두서없는 말이 쏟아진다.

"빨았다고? 빨래가 아니라 수선을 했겠지. 단추 하나가 없어져서 새 단추를 달아야 하는 거 아냐?"

"앗……."

"이거."

그때까지 꼭 쥐고 있던 오른손을 하시모토 앞에 펴 보였다. 손바닥 위에 금색 단추가 하나 놓여 있다. 하시모토는 단추를 보자마자 눈을 크게 부릅떴다.

"나쁜 짓은 하면 안 돼. 너 어제 학교 뒷집에 돌 던져서 유리창 깼지? 우연히 지나가다가 이걸 주웠어. 이거 네 옷 단추잖아."

벌겋게 달아오른 하시모토의 뺨이 이번에는 새하얘졌다. 아이는 그 뺨을 덜덜 떨며 고개를 젓는다.

"저 아니에요. 전 그런 짓 안 했어요."

"시치미 뗄 생각 마. 돌을 던진 범인이 도망치는 뒷모습도 봤는데."

그게 하시모토였다는 확신은 없었으나 도박을 걸어 보기로 했다.

"전…… 몰라요."

하시모토는 그렇게 대답하고 몸을 휙 돌려 교무실을 뛰어나갔다.

당황하는 모습으로 미루어 보건대 어제 사건의 범인은 하시모토가 틀림없다. 그러나 평소에 얌전한 아이가 왜 그런 짓을 했는지 모르겠다. 문제는 하시모토도 독이 든 페트병에 지문을 묻힌 사람 가운데 하나라는 것이다. 혹시 그 사건과 관계가 있을까.

고개를 숙이고 생각에 잠겨 있는데 누군가 다가오는 게 느껴졌다. 고개를 드니 우리 반 스즈키 도모미가 서 있었다.

"무슨 일이야?"

"저, 마에다 일로……."

스즈키 도모미는 그렇게 말하고 고개를 숙였다. 그 아이는 덩치는 크지만 소심한 구석이 있어서 말할 때 목소리가 아주 작다.

"마에다? 무슨 일인데?"

"그 페트병 말인데요……."

"뭐 아는 게 있어?"

"안다고 해야 하나, 봤다고 해야 하나. 하지만 관계없을 지도 몰라서 그냥 가만히 있으려고 했는데……."

스즈키 도모미가 머뭇거렸다. 나는 점점 안달이 났다.

"관련이 있는지 없는지는 네가 판단할 부분이 아니야. 도대체 뭘 본 거니?"

"그날 마에다가 페트병을 가지고 오는…… 걸 봤어요."

"그날이라면 마에다가 쓰러진 날?"

스즈키 도모미는 고개를 끄덕였다.

"음악 수업이 끝나고 계단 창문으로 멍하니 밖을 보고 있었는데요. 마에다가 강당 뒤에서 걸어오는 게 보였어요. 그때 그 페트병을 들고 있었어요."

"강당 뒤에서? 진짜?"

"진짜예요. 거짓말 아니에요."

"지금 네가 한 말 다른 사람한테 했니?"

아이는 입을 다물고 고개를 저었다.

"좋아. 그러면 당분간은 아무한테도 말하지 말아 줄래? 알겠지?"

스즈키 도모미는 알았다고 대답하고 고개를 숙이고는 교무실을 나가려고 했다.

"잠깐만. 교실로 돌아가면 2교시는 조금 늦게 시작할 테니까 조용히 자습하라고 애들한테 전해 줘."

"아, 네."

스즈키 도모미는 영문을 알 수 없다는 표정을 지으며 대답했다.

나는 즉시 강당으로 향했다. 도중에 2교시 시작종이 울렸다.

만약 스즈키 도모미의 이야기가 사실이라면 마에다가 거짓말을 했다는 소리다. 마에다는 페트병이 책상 서랍에 들어 있었다고 했다. 왜 그런 거짓말을 했을까. 그리고 마에다는 어디서 그 페트병을 가져왔을까.

강당 뒤편에 가 봤으나 특별히 이상한 점은 발견하지 못했다. 뒷문이 있고 맞은편에 민가가 보인다. 어제 유리가 깨진 집이다. 트레이닝복을 입은 남자는 분통을 터뜨리다가 내가 이 학교 교사라는 사실을 알자마자 갑자기 얌전해졌다. 그 또한 이상했다. 보통은 더 투덜대기 마련이다.

멍하니 생각에 잠겨 걷는데 어디선가 고양이 울음소리가 들려왔다. 걸음을 멈추고 주위를 살폈다.

강당 벽에 낡은 철제 보관 창고가 딱 붙어 있고 그 앞에 고양이 두 마리가 있었다. 하나는 갈색 줄무늬가 있고 나머지 하나는 검은 반점이 있다. 가까이 다가가니 두 마리 모두 잽싸게 도망쳤다.

철제 창고의 표면은 완전히 녹이 슨 상태로 지금은 사용하지 않는 것 같아 보였다. 버리는 것도 일이라 방치해 둔 모양이다.

문도 잠겨 있지 않은 듯해 확인차 문을 열어 봤다.

텅텅 비어 있을 줄 알았는데 그리 낡지 않은 검은색 아이스박스가 있었다.

이런 데 왜 이런 게 있지? 의아하게 여기면서 아이스박스 뚜껑을 열었다.

"이게 뭐야?!"

나도 모르게 소리를 높였다.

7

이날 방과 후 교무실에서 대기하고 있는데 가사이 형사에게서 연락이 왔다.

"선생님 추리가 맞았습니다. 다 해결됐습니다."

전화 너머로 들리는 가사이 형사의 목소리가 밝다.

"그 남자가 자백했나요?"

"네, 우리를 보자마자 얼굴이 새파랗게 질리더라고요. 살짝 추궁했더니 금세 죄다 털어놨습니다. 그 남자가 이전에 흰개미 구제 일을 했는데 그때 사용한 약을 썼답니다. 범행 동기도 선생님 말씀대로였습니다."

"역시 그랬나요?"

"자, 어떻게 할까요? 저희는 애들한테서도 이야기를 좀 듣고 싶은데요."

"그전에 제가 애들에게 얘길 좀 해도 될까요? 저도 물어보고 싶은 게 있어서요."

"알겠습니다. 그럼 선생님께 맡기겠습니다."

가사이 형사와 통화를 끝내고 나서 마쓰시타 겐타로의 집에 전화를 걸었다.

전화를 받은 아이의 어머니는 아들이 오늘도 결석한데 대해 거듭 사과했다. 무슨 말을 해도 안 가겠다고 버틴단다.

"괜찮습니다. 마쓰시타는 어때요?"

"그게, 마에다 병문안을 간다면서 방금 전에 나갔어요."

"마에다요? 그래요? 알겠습니다."

전화를 끊었다. 마쓰시타가 병원에 갔다니 마침 잘됐다.

학교를 나와 곧장 병원으로 향했다.

병원에 도착해 마에다의 병실 앞으로 가 노크를 했다. 네, 하는 마에다의 목소리가 들려 문을 열었다.

마쓰시타뿐만 아니라 하나이 리사와 하시모토 유타도 있었다. 세 아이는 내 얼굴을 보자마자 노골적으로 불쾌한 표정을 지었다. 방해꾼이 왔다고 생각했을 터다. 아니, 그건 침대에 있는 마에다 아쓰시도 마찬가지였다.

"마에다, 기분은 좀 어떠니?"

침대 옆에 서서 물었다.

"아…… 그냥 그래요."

"그래? 다행이구나."

마에다의 얼굴을 가만히 응시한 다음 입을 열었다.

"이렇게 힘든 일을 겪었으니까 앞으로는 아무리 목이 말라도 고양이 물은 마시지 마."

마에다의 입이 놀란 듯 벌어졌다. 병문안을 와 있던 내 뒤의 세 아이도 숨을 삼켰다. 아이들을 돌아봤다.

"독을 넣은 범인을 잡았어. 근데 너희들은 처음부터 범인을 알고 있었지? 그래, 학교 뒤에 사는 남자 말이야. 복수하려고 하시모토가 유리창을 깬 집에 사는 아저씨."

그 트레이닝복을 입은 남자였다. 가사이 형사가 남자의 성이 오카다라고 알려 주었다.

"뭐야? 들켰어?"

마쓰시타가 한숨을 쉬었다.

"아이스박스를 발견했거든."

내가 말하자마자 하나이 리사가 불만 가득한 표정으로 마쓰시타를 쳐다봤다.

"그러니까 얼른 다른 데로 옮기자고 했잖아."

"시간이 없었어."

마쓰시타가 부루퉁하게 대꾸했다.

아이스박스에는 고양이 사료며 식기들이 있었다. 그 안에 있던 캔이 마쓰시타네 집에서 본 것과 똑같았다. 그걸로 모든 의문이 풀렸다.

아이들은 강당 뒤편에서 길냥이에게 먹이를 주고 있었는데 마에다도 그중 하나였다. 문제의 페트병 물은 원래 고양이에게 주려고 아이스박스에 넣어 둔 것이다. 하지만 음악 수업 때 노래를 너무 열심히 하는 바람에 목이 말랐던 마에다가 본인이 마시려고 교실로 가져왔다.

"신의 물……이라, 누가 쓴 거야?"

내가 질문하니 하나이 리사가 손을 살짝 들었다.

"마에다가 보건실로 가고 나서 그 페트병을 봤을 때 큰일 났다고 생각했어요. 고양이에게 밥을 준 게 학교에 들킬 것 같아서……."

"원래는 고양이(ネコ) 물이라고 썼겠지. 가타카나로 쓴 글자에 획을 더 써 넣어서 신(ネ申) 자로 바꾼 거야?"

하나이 리사는 맞다며 고개를 끄덕였다.

"그랬구나. 그리고 페트병에 독이 들어 있었다는 말을 들은 순간 범인이 누군지도 알았고?"

"틀림없이 그 아저씨일 거라고 생각했어요. 문 너머로 자주 불평했거든요."

하시모토 유타가 대답했다.

"뭐라고 했는데? 길냥이한테 밥 주지 말라고?"

"네, 너희들이 그런 짓을 해서 길냥이가 당최 줄어들지 않는다고요."

예상대로였다. 오카다는 화가 나 아이들을 혼내 주는 동시에 길냥이를 처리할 방법을 생각했다. 그래서 페트병에 비소를 탄 것이다. 평범한 사람이라면 일단 학교에 민원부터 넣었을 텐데. 그래 봤자 문제가 해결되지 않으리라 자체적인 판단을 내린 모양이다.

"선생님, 길냥이를 돌보는 게 그렇게 나쁜 일이에요? 길냥이도 살아 있는 생명체잖아요."

마쓰시타가 물었다. 나머지 세 아이도 진지한 얼굴로 나를 바라보고 있다.

"물론 나쁘지 않아. 그렇지만 생명을 돌보려면 책임을 져야 해. 아이에게 밥만 주면 되지 더 필요한 게 뭐가 있겠냐고 하는 어른이 있다면 무책임하게 느껴지겠지?"

"근데 그런 부모는 많은데요."

"그래서 세상이 이 모양이란다."

그렇게 말하고 나중에 보자는 뜻으로 한 손을 들어 보이고는 병실을 나왔다.

히든 트랙
— 1 —

방화범을 찾아라!
류타 이야기

1

어른들이 자주 하는 소리 중에 나쁜 일은 꼬리를 물고 온다는 말이 있다. 그 말은 진짜다. 오늘은 지독히도 운이 따르지 않는 날이다.

일단 국어 시간에 받은 시험 점수가 정말 한심했다. 얼마나 한심했냐면 내가 받은 점수보다 더 낮은 건 없다. 즉, 빵점이다. 지금까지 안 좋은 점수를 수없이 받아 봤지만 빵점은 처음이다. 진심으로 놀랐다. 나도 모르게 웃어 버렸으니까. 그런 나를 하나코가 무섭게 노려봤다.

하나코는 우리 5학년 2반 담임의 별명이다. 예쁜 편인데 신경질적이다.

점심시간에 하나코가 아끼는 꽃병을 깼다. 빗자루를 가지고 놀다가 꽃병에 살짝 닿기만 했는데 바닥에 떨어지고 말았다. 순간 눈앞이 깜깜했다. 다행히 순간접착제를 가진 친구가 있어 급하게 빌려 붙였다. 아마 하나코는 영

영 알아차리지 못할 거다.

"고바야시, 오늘 상태 안 좋아?"

야마시타라는 친구가 물었다. 고바야시는 내 성이다. 이름은 류타.

"그런 것 같아. 이런 날은 빨리 집에 가야지. 집은 안전하니까."

"꼭 그렇지도 않아. 집에 있어도 위험할 수 있어. 어젯밤에 또 방화 사건이 있었대."

"뭐? 진짜?"

"응, 우리 집 근처에서. 담이 살짝 그을린 정도로 끝나서 큰불로 번지지는 않았지만."

"무섭다!"

요즘 우리 동네에서 방화 사건이 이어지고 있다. 이달 들어 벌써 네 집이나 피해를 입었다. 어젯밤에도 방화가 발생했다면 이제 다섯 집이라는 얘기다. 지금까지는 작은 불로 끝나서 다행이지만 이러다 정말 큰불이 나는 거 아니냐고 우리 부모님도 걱정하고 있다.

학교를 마치고 집 앞까지 왔는데 엄마가 길에서 이웃 아줌마들과 이야기를 나누고 있었다. 엄마는 수다 떠는 걸 케이크보다 좋아한다. 보통 시시한 얘깃거리를 주고받는데 오늘은 좀 달라 보였다. 잔뜩 인상을 쓴 것이 아무래도 방화 사건 이야기를 하나 보다.

"연말에 이래저래 심란하네. 집에 불이 날 바에야 차라리 도둑이 드는 게 낫겠어."

말이 되는 소린가. 하긴, 우리 집은 도둑맞는 게 더 낫다. 훔쳐 갈 게 없으니까.

우리 동네는 오늘 밤부터 야간 순찰을 돌기로 했다. 저녁을 먹는데 엄마가 아빠에게 말했다.

"야간 순찰이라면, 그거? 불조심 하고 외치면서 딱딱 소리 내는 거?"

아빠가 밥을 먹으면서 물었다.

"응, 그거. 불조심 딱딱."

"딱딱? 그게 뭐야?"

엄마, 아빠에게 물었다.

"딱따기라는 네모난 막대기 두 개를 두드려서 딱딱 소리를 내는 거야."

아빠는 젓가락을 두 손에 들고 딱딱 소리를 냈다.

"재밌겠다! 나도 가고 싶다."

"그래? 갈래?"

"애는 안 돼요."

엄마가 딱 잘라 말한다. 그래도 아빠는 내 편을 들어 주었다.

"가면 좋지. 류타도 남잔데 야간 순찰에 동참할 수 있지. 내가 같이 있으니까 괜찮아. 우리는 언제 당번이야?"

"내일인데……."

"마침 잘됐네. 모레가 일요일이니까 학교도 안 가잖아. 좋았어! 류타, 열심히 하자!"

"네!"

나와 아빠는 손을 꼭 잡았다.

———
2

다음 날 밤 나는 아빠와 함께 집을 나섰다. 스웨터에 점퍼를 입고 목도리만 두른 나와 달리, 아빠는 다운 재킷 속에 스웨터 두 장, 바지 속에 속옷 두 장을 껴입었다. 그림자만 보면 스모 선수인 줄 알겠다.

우리는 일단 니초메의 호소카와 아저씨네 집으로 갔다. 거기서 오늘 밤 야간 순찰 당번이 모인다고 한다.

"아이고, 수고하십니다. 아니, 아드님도 같이 순찰을 도나요?"

몸집이 꼭 너구리 같은 호소카와 아저씨가 생글생글 웃으며 우리를 맞아 주었다. 약국 아저씨와 쌀집 아저씨가 좁은 방 한가운데에 놓인 고타쓰에 앉아서 술을 마시고 있었다. 그들도 당번인가 보다.

"고바야시 씨! 어서 이리 오세요. 일단 한잔하시죠."

약국 아저씨가 아빠를 불렀다. 술이라면 사족을 못 쓰는 아빠가 갑자기 얼빠진 표정을 지었다.

"아닙니다. 됐습니다."

말은 그렇게 하면서도 어느새 고타쓰에 들어가 술잔에 술을 받고 있다.

야간 순찰을 돈다면서 이래도 되나 싶어 걱정이 되었다.

듣기로는 호소카와 아저씨가 야간 순찰을 제안했다고 하는데 엄마는 아주 의심스러워했다. 호소카와 아저씨는 여태껏 마을 일에 참여한 적이 거의 없었기 때문이란다. 직업도 불분명하고, 평판도 그다지 좋지 않은 사람이었다.

야간 순찰은 11시부터 시작되었다.

"불~조~심!" 하고 소리치고 딱따기를 딱딱 울린다. 이런 식으로 마을을 계속 돈다.

"방화범이 나타날까요?" 약국 아저씨가 두 손을 바지 주머니에 넣고 말했다.

"우리가 돌아다니는 동안에는 안 나오겠죠." 쌀집 아저씨가 대답했다.

"잡으면 큰 기여를 하게 될 텐데." 아빠의 말이다.

약국 아저씨와 쌀집 아저씨가 황급히 고개를 저으며 말했다.

"방화범을 잡다니 말도 안 되지……."

"고바야시 씨 부자에게 맡기겠습니다. 하하하."

옆에서 대화를 들으며 이래서는 야간 순찰을 하는 의미가 없겠다는 생각이 들었다.

사실 나는 주머니에 손을 넣은 채 안 좋은 기억을 떠올리고 있었다. 어제 받은 빵점짜리 시험지가 주머니에 들어 있었기 때문이다. 엄마에게 들키면 반쯤 죽을 게 틀림없다. 첫 번째 야간 순찰이 끝난 뒤 시험지를 구겨서 호소카와 아저씨네 집 쓰레기통에 버렸다. 이로써 증거는 사

—— **217**

라졌다.

야간 순찰은 2시간에 한 번씩 돌 계획이었는데 새벽 2시가 지나자 졸음이 몰려왔다. 아직 애인 나야 어쩔 수 없다지만, 아빠와 아저씨들까지 꾸벅꾸벅 조는 걸 보고 있자니 어이가 없었다. 집으로 돌아올 때마다 술을 마셨으니 당연하다.

아무래도 나는 그대로 잠이 든 모양이다. 다음 일은 기억나지 않는다. 어렴풋하게나마 아빠의 코골이가 시끄러웠던 것과 이상한 냄새가 난 것만 기억난다. 최근에 어디선가 맡은 냄새인데 뭘까 생각하다가 또다시 잠이 들었다.

엄청나게 큰 소리에 눈을 떴다.

"류타, 일어나. 불이야!"

아빠가 옆에서 소리쳤다. 벌떡 일어났다.

"어? 어디서 불이 났는데?"

"여기."

"앗!"

정신을 차리자 연기가 자욱했다. 창에서 시뻘건 불꽃이 일렁였다. 자세히 보니 벽이 타고 있었다.

"악!"

그제서야 다른 어른들도 하나둘 잠에서 깨기 시작했다. 약국 아저씨였나. "왜 이렇게 덥지?" 하는 태평한 소리도 들렸다.

꾸물대는 다른 어른들을 놔두고 우리는 재빨리 도망쳤다. 방에서 빠져나와 맨발로 현관까지 갔다. 자물쇠를 풀고 손잡이를 비틀어 밀었다.

"어?"

"왜?"

"문이 안 열려. 꿈쩍도 안 해."

"뭐? 비켜 봐."

나 대신 아빠가 문을 밀었으나 움직일 기색이 전혀 없어 보였다.

"젠장! 어떻게 된 거야?"

아빠의 관자놀이에서 땀이 뚝뚝 떨어졌다. 옷을 많이 입은 채로 몸을 움직여서가 아니라 실제로 주변 공기가 뜨거웠다.

호소카와 아저씨가 잔뜩 굳은 얼굴로 달려왔다. 약국 아저씨와 쌀집 아저씨는 울상을 짓고 뒤에 서 있었다.

"자물쇠를 풀었는데도 문이 안 열려요!"

"뭐라고요!" 약국 아저씨가 소리쳤다.

"말도 안 돼!" 쌀집 아저씨가 말했다.

"좋아요. 그러면 다 같이 몸을 던져 봅시다." 호소카와 아저씨가 말했다.

우리는 한 덩어리가 되어 살짝 뒤에서 달려와 몸을 날렸다.

단박에 문이 열렸다.

그러나 밖에 장애물이 있는 듯 완전히 열리지는 않았다. 어쩔 수 없이 좁은 문틈으로 도망쳤다. 살펴보니 밖에 콘크리트 블록 다섯 개가 쌓여 있었다. 우리가 밀어서 위치가 조금 어긋나 있었으나 아마도 방금 전까지 문에 기대여 쌓여 있었을 것이다. 그래서 문이 꿈쩍하지 않은 것이다.

"너무하네. 누가 이런 짓을 했지?"

내가 블록을 노려보고 있는데 아빠가 내 팔을 잡아당겼다.

"정신 차려! 뭘 꾸물대고 있어. 얼른 뛰어."

이때쯤 이웃 주민들도 하나둘 나타나기 시작했다. 불은

점점 커져 호소카와 아저씨네 집을 집어삼키고 있었다. 엄청난 기세로 벽과 기둥이 타오르고 무시무시한 연기가 피어올랐다.

호소카와 아저씨에게는 미안한 일이나 이렇게 큰불을 본 건 난생처음이라 가슴이 마구 뛰었다. 전부 다 타 버리면 재밌겠다는 생각까지 들었다.

호소카와 아저씨는 길가에 우두커니 서서 자기 집이 불타는 현장을 멀거니 바라봤다. 아저씨가 너무 불쌍해 보였다.

곧 소방차가 도착하고 소방대원이 멋지게 불을 끄기 시작했다. 호스에서 나오는 물은 엄청 셌다. 다부진 체격의 소방대원마저 들고 있는 게 힘에 부쳐 보였다.

간신히 불을 끄기는 했는데 집은 거의 남아 있지 않았다. 소방대원들도 도중에 호소카와 아저씨의 집을 포기하고 주변 집으로 불이 번지는 걸 막는 듯했다.

"기어코 큰불이 났네."

옆에 있던 이웃 아줌마가 중얼거렸다.

3

월요일에 학교에 갔더니 나는 말 그대로 영웅이 되어 있었다. 불난 집에 있었다는 이유만으로. 내가 화재 이야기를 꺼내면 주위에 애들이 몰려들었다. 이런 일은 좀처럼 없기에 정말 기분이 좋았다.

"근데 넌 야간 순찰을 하려고 그 집에 있었던 거잖아."

"응, 그렇지."

"그럼 창피한 일 아냐? 불을 막으려던 사람이 방화를 당했는데."

야마시타의 말에 주변에 있던 애들이 웃음을 터트렸다. 쳇, 재수 없는 소리 하고 있어.

하지만 저녁을 먹으면서 엄마에게서도 같은 말을 들었다. 주위에 소문이 나 창피하다고.

"도대체 야간 순찰은 왜 한 거야? 어차피 술이나 퍼마실걸."

엄마가 투덜댔다. 사실이라 딱히 할 말이 없었는지 아빠는 TV에 시선을 고정한 채 못 들은 척했다.

저녁밥을 다 먹었을 즈음 현관 벨이 울렸다. 엄마가 나갔다가 곧 나와 아빠를 불렀다. 현관에는 남자 두 명이 서 있었다. 한 사람은 안경을 쓴 중년이었고 다른 사람은 젊고 말랐다. 둘 다 베이지색 코트를 입고 있었다.

형사 콜롬보 같다고 생각했는데 진짜 형사들이었다. 어제 발생한 화재에 관해 묻고 싶은 게 있단다. 화재 조사는 소방서에서 하는 일인 줄 알았는데.

안경을 쓴 형사가 질문을 시작했는데 좀 이상했다. 호소카와 아저씨에 관해 캐물었다. 그날 밤 아저씨의 태도는 어땠나, 뭘 했나, 술을 마셨나 등 마치 아저씨를 의심하듯 말이다.

아버지도 질문의 의도를 알아차린 모양이다.

"호소카와 씨가 불을 질렀나요?" 형사에게 물었다.

"아닙니다. 그런 건 아니고 저희는 그저 여러 가지 가능성을 고려하는 것뿐입니다."

안경 쓴 형사가 실실거리며 대답했다.

"그때 호소카와 씨는 집 안에 있었어요. 그러니까 밖에서 불을 지를 수 없었어요."

아빠가 반박했다.

"일단 밖에서 불을 지르고 다시 안으로 들어왔을 수도

있죠."

"음." 아빠는 더는 받아치지 못했다.

"저기요!" 내가 옆에 서서 말했다.

"문밖에 쌓여 있던 블록 말인데요. 방화범의 짓 아닌가요?"

안경 쓴 형사가 나를 쳐다봤다.

"아직 확실하진 않아. 방화범의 소행이라고 추정하고있긴 하지."

"그렇다면 호소카와 아저씨는 절대 범인이 될 수 없는 거잖아요."

안경 쓴 형사는 젊은 형사와 시선을 마주치더니 다시 나를 봤다.

"왜?"

"문밖에 블록이 쌓여 있으면 안으로 들어올 수 없는 거잖아요."

"아, 맞네!" 아빠가 옆에서 손뼉을 쳤다.

"류타 말이 맞아요. 그 집은 창문에 쇠창살이 있어서 달리 드나들 데도 없어요."

안경 쓴 형사가 나를 보며 웃음 지었다.

"아주 날카로운 지적이다. 네 말이 맞아. 실은 우리도 그 부분을 놓고 고민 중이야. 그래서 한 번 더 생각해 줬으면 해. 혹시 문을 열 때 이상한 점은 없었니? 아주 사소한 거라도 괜찮아."

형사가 물었지만 생각나는 게 있을 리 없다. 그때는 정신이 하나도 없었으니까.

"기억나는 게 없어요."

나로서는 이렇게 대답할 수밖에 없었다.

형사들은 그대로 돌아갔다.

"호소카와 아저씨를 왜 의심할까? 자기 집을 자기 손으로 태울 사람이 어디 있다고."

엄마가 경찰이 돌아간 다음 아빠에게 말했다.

"그게, 꼭 그렇지도 않아." 아빠는 화재 보험 얘기를 꺼냈다.

아빠 말에 따르면 세상에는 일부러 자기 집을 태우고 보험금을 타려는 사람들도 종종 있다고 한다.

"흠, 나쁜 사람들이네."

"그렇지. 그래도 호소카와 씨는 범인이 아니야. 블록이 있었으니까."

아빠가 확신에 차 말하며 연신 고개를 끄덕였다.

4

화요일이 되자 화재 사건은 이미 옛날 일이 되었고 아무도 내 얘기를 들으려 하지 않았다. 정말 매정한 녀석들이다.

야마시타는 같은 동네에 살아서인지 화재에 관한 새로운 정보를 가져왔다. 호소카와 아저씨가 얼마 전 그 낡은 집에 화재 보험을 들었다고 한다.

"그러면 화재로 이익이 생긴다는 거네?"

내 말에 야마시타는 고개를 저었다.

"이득이랄 게 없을 거라던데. 우리 아빠 말로는 원래 가치보다 많은 보험금은 못 받는대."

하나코가 들어와 수업이 시작되었다. 1교시는 내가 싫어하는 국어였다. 물론 국어뿐만 아니라 공부는 다 싫다.

문제는 하나코가 창 옆에 놓인 꽃병을 유심히 쳐다보기 시작한 것이다. 내가 얼마 전에 깬 그 꽃병이다.

이윽고 하나코는 매서운 눈초리로 반 전체를 향해 말했다.

"솔직히 얘기해. 꽃병을 누가 깼지? 지금 털어놓으면 용서해 줄게."

아이들이 일제히 나를 봤다. 이래서는 손을 안 들 수가 없다. 하나코도 일찌감치 나를 노려보고 있었다.

천천히 자리에서 일어났다.

"고바야시!"

"네."

"나중에 교무실로 와."

"네~."

아이 씨, 정말 운이 없다니까.

교무실에서 하나코에게 된통 혼이 났다. 지금 털어놓으면 용서해 준다더니 이건 아니지! 꽃병을 깬 것까지는 괜찮은데 그 사실을 숨기려 한 게 더 나쁘단다. 맹세컨대 깼을 때 솔직히 말했어도 분명 혼났을 거다. 그러나 이런 말을 했다가는 더 혼날 것 같아서 잠자코 있기로 했다.

"넌 너무 산만해. 좀 더 차분하게 행동하도록 해. 그리고 이 꽃병 말이야. 기왕 수리할 거면 좀 더 정성껏 하지 그랬어?"

하나코는 내가 손본 꽃병을 들어 올리며 말했다.

"아니, 그게, 너무 어려워서요. 헤헤헤."

머리를 긁적이며 멋쩍게 웃었다.

"그래도 너무했다. 접착제로 붙일 거였으면 좀 꼼꼼히 붙이든가."

"그러려고 했는데 순간접착제라 한번 어긋나면 더 어떻게 할 수 없더라고요."

변명을 늘어놓는데 머릿속에서 반짝하고 전구가 켜졌다. 한 가지 생각이 떠올랐던 것이다.

"그랬구나. 알았다!"

갑자기 큰 소리를 내는 바람에 하나코는 물론이고 다른 선생님들까지 깜짝 놀라 내 쪽을 쳐다봤다.

———
5

목요일 밤 안경 쓴 형사가 우리 집을 찾아왔다. 선물로 케이크를 들고 왔다. 당연히 그래야지.

"호소카와 아저씨가 다 자백했어. 사건이 해결됐다."

형사는 기분이 아주 좋아 보였다.

"역시 보험금이 목적이었어요?"

"빚이 많아서 집을 태워 보험금을 받는 게 최선의 방법이라고 생각했대. 다만 느닷없이 자기 집에 불을 지를 순 없으니까 여기저기 작은 불을 내서 방화범이 있다고 소문을 낸 다음에 자기 집에 불을 질렀단다."

"흠, 그런 거였구나."

"어쨌든 이번 일은 네 도움을 많이 받았다. 고마워."

형사가 고개까지 숙이니 너무 쑥스러웠다.

하나코에게 혼날 때 문득 떠오른 건 바로 순간접착제 냄새였다. 화재가 나기 직전에 그 냄새를 맡았다.

순간 머릿속이 번뜩했다. 문이 열리지 않은 이유는 밖에 블록이 놓여 있었기 때문이 아니라 순간접착제로 문틀 일부를 붙여 놓았기 때문이다. 블록은 문에서 조금 떨어진 곳에 쌓아 놓아서 사람이 드나들 수 있을 정도로 문이 열리게 했다.

호소카와 아저씨가 순간접착제를 들고 내 옆을 지나가서 냄새를 맡은 것이다.

그 사실을 엄마에게 알렸고 엄마가 형사에게 연락했다.

"한 가지 더 너한테 확인하고 싶은 게 있다."

형사가 사뭇 점잔을 빼며 코트 주머니에서 뭔가를 꺼냈다. 끝부분이 살짝 그을린 접힌 종이였다.

종이를 펼쳐 보고 오줌을 지릴 뻔했다. 내가 버린 빵점짜리 시험지였다. 이름을 적는 칸에 고바야시 류타라고 똑똑히 적혀 있다.

"이거, 네 거야?"

"아……."

"네가 버렸어?"

"네."

"어디에다?"

"그게, 화재가 난 집 쓰레기통에."

"그랬구나. 역시."

"저, 어떻게 이게?"

형사가 싱글싱글 웃었다.

"그날 밤에 호소카와 아저씨가 쓰레기통에 있던 종이 몇 개를 들고 나와서 그걸 불쏘시개로 불을 붙였대. 그중에 이 시험지가 있었고. 근데 이 종이만 바람에 날아가

버렸다고 하더라. 길가에 떨어져 있는 걸 소방대원이 주
웠다."

"소방대원이……."

"이건 나중에 꼭 돌려주마."

형사는 시험지를 다시 주머니에 넣었다.

"나, 나중에요?"

"수사가 다 끝나면. 이것도 중요한 증거니까. 아, 이번
사건에 네 도움이 정말 컸다."

형사는 웃으면서 돌아갔다.

나는 그 자리에 주저앉았다. 추리를 해낸 것까진 멋있
었는데 빵점짜리 시험지가 증거가 되어 버리다니. 엄마가
알면 난 죽을 거다. 부르르.

히든 트랙

—— 2 ——

유령이 건 전화

류타 이야기

1

꼬르륵 배를 곯으며 학교에서 돌아왔는데 문이 잠겨 있었다. 엄마가 장이라도 보러 나갔나.

우편함에 손을 넣고 집 열쇠를 꺼냈다. 집을 비울 때면 늘 열쇠를 이곳에 넣어 둔다. 도둑이 마음먹고 노리면 한 방에 끝날 장소다.

물론 훔쳐 갈 만한 게 없어서 이토록 대담하게 열쇠를 두는 일이 가능하다.

집에 들어가 운동화를 벗고 곧장 부엌으로 갔다. 찬장 옆에 놓인 전화기에서 불빛이 깜빡이고 있었다. 부재중 메시지가 들어온 모양이다.

녹음된 메시지를 듣기 위해 전화기의 재생 버튼을 눌렀다.

「한 건입니다.」

기계음이 나고 이어서 목소리가 들려왔다.

「엄마야. 오늘 저녁 7시쯤 들어갈 거야. 냄비에 카레 만 들어 놨으니까 냉장고에 있는 밥 전자레인지에 돌려서 데워 먹어. 그리고 얼마 전에 산 제라늄에 물 좀 줘.」

그런 다음 삐 소리가 났다.

뭐야? 엄마, 외출한 거야?

그런데 좀 이상하다. 목소리가 우리 엄마랑 좀 다르게 들렸는데. 감기라도 걸렸나. 게다가 제라늄이라니? 젤리 같은 건가?

아, 몰라, 몰라. 성가신 일은 생각하지 않기로 했다.

그보다 카레! 헤헤헤. 나는 카레를 정말 좋아한다. 냄비에 카레가 있다는 소리에 절로 웃음이 새어 나왔다. 우리 엄마, 꽤 하는데! 요즘은 보통 다 인스턴트식 카레뿐이다.

부엌을 이리저리 살폈다. 가스레인지에 커다란 냄비가 있다. 이게 카레구나. 그런데 왜 카레 냄새가 안 나지?

냄비 뚜껑을 열었는데 텅 비어 있었다.

냄새가 안 난 게 당연했다. 다른 냄비를 찾아봤으나 카 레가 든 냄비는 어디에도 없었다.

"어떻게 된 거야? 배고파 죽겠는데."

의자에 털썩 주저앉았다.

배 속에서 꼬르륵 소리가 났다.

그때였다.

"엄마 왔다, 류타. 벌써 왔네. 손 씻었어? 저녁 먹기 전에 숙제해."

현관에서 엄마 목소리가 들렸다. 쳇, 집에 오자마자 숙제 얘기부터 꺼내다니 너무 싫다.

"어머, 너 거기서 뭐 해?"

엄마가 부엌에 들어오며 물었다.

"일찍 왔네. 외출한 거 아니었어?"

"역 앞 슈퍼에 갔다 왔지."

엄마는 슈퍼마켓 비닐봉지를 들어 올렸다. 커다란 양배추가 보였다.

"7시에 오는 거 아니었어?"

"7시? 엄마가 왜 그렇게 늦게까지 슈퍼에 있어?"

"나야 모르지. 그건 그렇고 카레는 어디 있어?"

"카레? 없는데?"

"에이, 전화로 카레 있다고 했잖아?"

"누가?"

"엄마가."

"그런 말 한 적 없어. 얘가 이상하네."

"엄마가 더 이상하거든!"

그렇게 말하고 전화기의 부재중 메시지 재생 버튼을 눌렀다. 조금 전의 메시지가 스피커를 통해 흘러나왔다.

엄마는 의아한 표정으로 나를 봤다.

"이게 누구야?"

"엄마잖아!"

"아니야! 엄마는 이런 전화 안 걸었어. 그리고 엄마 목소리랑 완전히 다르잖아. 류타, 너는 엄마 목소리도 몰라? 바보같이."

엄마는 어이없다는 듯 말했다.

"좀 다르게 들리긴 했는데 먼저 엄마라고 하니까 그런 줄 알았지."

"나 아냐. 분명히 잘못 걸린 전화일 거야. 자기 집인 줄 알고 잘못 걸었겠지. 우리 집 전화기 응답 메시지는 우리가 녹음한 게 아니고 기계음이 나오잖아. 이 사람네 집도 똑같나 보다. 어쩜 이런 일도 있네."

"뭐야, 그런 거야? 그럼 카레는? 엄마, 카레 만들어 줘."

"무슨 엉뚱한 소리야! 오늘 반찬은 이미 정했어."

"뭔데?"

"채소볶음. 피망 잔뜩 넣어 줄게."

"아, 싫어!"

하마터면 의자에서 굴러떨어질 뻔했다. 제일 좋아하는 카레인 줄 알았는데 제일 싫어하는 피망이라니.

———
2

다음 날 학교에서 부재중 메시지 이야기를 야마시타에게 들려줬다. 야마시타는 눈을 동그랗게 떴다.

"어! 너네 집에도 카레 만들었다는 전화가 왔어?! 우리 집에도 왔는데. 우리 집은 부재중 메시지를 엄마가 들어서 너네 집 같은 일은 생기지 않았지만."

"너네 엄마는 뭐라고 하셔?"

"잘못 걸려 온 전화라고……."

"흠, 그런가? 근데 너무 이상하지 않아? 우리 집만 그런 거면 모를까, 같은 사람이 너네 집에도 똑같이 전화를 잘못 건다고?"

"그러네."

야마시타도 고개를 갸웃거렸다.

"야! 혹시 다른 애들 집에도 전화가 왔을지 모르잖아. 다른 애들한테도 한번 물어볼까?"

"그래, 물어보자." 야마시타도 동의했다.

점심시간이 되자 나와 야마시타는 각자 돌아다니며 어제 전화로 이상한 부재중 메시지가 들어왔었는지 반 애들에게 물어봤다. 놀랍게도 여섯 명이나 같은 메시지를 받았단다.

자세히 물어보니 우리가 받은 메시지와 같은 내용이었다.

"심지어 우리 집은 저녁이 진짜 카레였다니까. 잘못 걸린 전화였더라도 기분이 좀 나빴지."

아사쿠라 도모미라는 여학생이 말했다.

아사쿠라는 공부를 아주 잘하는데 그래서인지 좀 건방진 면이 있다.

"음, 이건 좀 이상하네."

팔짱을 끼고 모두의 얼굴을 둘러봤다.

"한 사람이 이렇게 여기저기 전화를 잘못 걸 순 없어."

"장난 전화일까?" 야마시타가 말했다.

"아마도. 지금쯤 녀석은 틀림없이 우리를 보며 웃고 있겠지."

"하지만 장난이라고 쳐도 이상해. 게다가 그 목소리 말이야. 분명 여자 어른 목소리였어. 여자 어른이 초등학생을 상대로 그런 장난을 치나?"

아사쿠라 도모미는 뺨에 손을 대고 고개를 기울였다.

"나야 모르지. 요즘에는 이상한 어른도 많으니까."

나는 대꾸하며 옆에 있던 의자를 발로 찼다. 마침 담임 하나코가 들어오는 바람에 의자가 하나코의 무릎에 가 부딪혔다.

"고바야시!"

하나코의 쨍한 목소리가 교실에 울려 퍼졌고 오후 내내 서서 수업을 받아야 했다! 아이 참, 이게 다 그 장난 전화 때문이야.

「엄마야. 오늘 저녁 7시쯤 들어갈 거야. 냄비에 카레 만들어 놨으니까 냉장고에 있는 밥 전자레인지에 돌려서 데워 먹어. 그리고 얼마 전에 산 제라늄에 물 좀 줘.」

집에 돌아와 전화기에 녹음된 부재중 메시지를 다시 틀어 봤다. 아무래도 마음에 걸려서 지우지 않았었다.

"그건 뭐 하려고 계속 들어? 숙제는?"

엄마가 소면을 삶으면서 말했다.

진짜! 엄마는 나만 보면 '숙제' 노래를 부른다니까. 가끔은 다른 말 좀 하라고.

"엄마, 제라늄이 뭐야?"

"그것도 몰라? 꽃이잖아."

"진짜? 어떤 꽃인데?"

"모르는 게 있으면 사전이나 도감 찾아보라고 말했을 텐데?"

엄마는 허리에 손을 얹고 나를 흘겨보며 말했다.

"쳇, 네, 네, 알겠습니다."

자식이 질문을 했는데 부모가 스스로 찾아보라고 하는

건 질문의 답을 모른다는 의미다.

6학년씩이나 되었는데 더는 엄마를 부끄럽게 해선 안 될 것 같아 순순히 사전을 찾기로 했다.

「쥐손이풀과 원예종. 잎은 품종에 따라 심장 원형, 단풍 모양, 줄기 형태 등 다양하고 갈색 반점이 있다. 하양과 빨강, 보라 등의 꽃잎으로 된 꽃이 핀다.」

사전에는 이렇게 적혀 있었다.

어쨌든 음성 메시지를 남긴 여자의 집에 제라늄이 있다는 소리다.

돌아오는 일요일에 점심을 먹고 나서 음성 메시지가 담긴 테이프를 들고 공원에 갔다.

잠시 후 야마시타도 왔다. 오후 1시에 만나기로 약속했기 때문이다. 야마시타에게는 아버지가 일할 때 쓰는 소형 테이프리코더가 있다. 우리 집의 부재중 메시지용 테이프는 일반적인 카세트테이프보다 작아서 전용 테이프리코더가 없으면 재생할 수 없다.

나는 야마시타와 함께 동네 꽃집을 샅샅이 뒤져 보기로 했다. 혹시 최근에 제라늄을 산 사람이 있는지, 있다면 테이프의 목소리를 들려준 다음 이전에 들어 본 적 있는지 물어보려 한 것이다.

그런데 이 작전은 잘 굴러가지 않았다. 일단 점원이 최근에 제라늄을 팔았는지조차 제대로 기억하지 못했다. 초등학생이 할 말은 아니나 역시 아르바이트생은 쓸모가 없다.

열 군데쯤 되는 꽃집을 도느라 다리가 아파 올 무렵 다나카 생화라는 조그만 꽃집에 들어갔다. 머리가 벗겨진 아저씨가 가게를 지키고 있었다.

"제라늄? 응, 가끔 팔리지. 그렇다고 많이 팔리지도 않아서. 단골이 사 갔으면 기억할 텐데."

아마도 심심했던 모양인지 아저씨는 의외로 친절하게 말했다.

준비한 테이프리코더를 꺼내 부재중 메시지를 들려주고 들어 본 목소리냐고 물어봤다.

"아! 이거 사토 씨 부인 목소린데." 아저씨가 짝 손뼉을 쳤다.

"아세요?" 내가 물었다.

"꽃을 자주 사러 와서 알아. 요즘 들어 통 안 보였는데. 잠깐 기다려 봐. 확인해 볼 테니까."

아저씨는 안쪽에 대고 뭐라 말을 걸었다. 조금 있다가 뚱뚱한 아줌마가 나타났다.

아저씨는 아줌마에게 우리 얘기를 했고 우리는 다시 테이프를 틀었다.

아줌마는 처음에는 심드렁한 표정이었는데 테이프의 목소리를 듣자마자 갑자기 낯빛이 변했다.

"이거 뭐니?"

아줌마는 오히려 우리에게 되물었다.

"아, 그게, 사흘 전에 우리 집에 걸려 온 전화인데요."
내가 대답했다.

그러자 아줌마의 얼굴이 점점 굳어졌다.

"목소리는 똑같은데 사토 씨 부인은 아닐 거야."

"그게 무슨 소리야? 그 집 부인 목소리 맞잖아. 제라늄도 사 가지 않았어?"

아저씨가 살짝 성난 목소리로 말했다.

"하지만 그럴 수가 없어."

"왜?"

"아니, 사흘 전 전화래잖아······."

아줌마는 우리 얼굴을 보며 말했다.

"그 집 부인은 지난주에 돌아가셨어. 교통사고로……."

우리는 공원으로 돌아와 벤치 위에 테이프리코더를 사이에 두고 앉았다.

"어떻게 된 일일까?" 야마시타가 물었다.

"몰라. 황당해."

"일주일 전에 죽은 사람이 사흘 전에 전화를 하다니 말이 안 되잖아."

"맞아."

"아니면…… 그건가?"

"뭐?"

"그러니까…… 유령."

"뭐!!"

"죽은 사람이 유령이 돼서 전화했나?"

야마시타는 기분 나쁜 목소리로 말했다.

여름인데도 등이 쭈뼛쭈뼛했다.

"바보 같은 소리 하지 마. 그런 일이…… 그런 일이 있을 리 없잖아!"

"그런가? 죽은 사람이 이 세상에 미련이 남아서 전화했다는 말을 어디서 들어 봤는데."

"그만해! 나, 화낸다!"

벌떡 일어나 야마시타를 때리는 시늉을 하는데 손에 소름이 돋아 있었다.

나는 유령이나 도깨비 이야기를 끔찍이 싫어한다. 여름마다 TV에 나오는 그런 종류의 드라마를 자칫 잘못 봤다가는 밤에 화장실도 못 간다.

그때였다.

"고바야시!"

어디선가 소리가 났다. 돌아보니 아사쿠라 도모미가 손을 흔들며 달려오고 있었다. 학원에서 오는 길인지 꽃무늬 손가방을 들고 있다.

"여기서 뭐 해?" 아사쿠라가 물었다.

"아무것도 안 해." 나는 시큰둥하게 대답했다. 그런데 야마시타가 고자질하듯 말했다.

"그 전화, 유령이 건 거였어."

"야! 너!"

바로 야마시타를 노려봤으나 이미 늦었다.

"응? 그게 무슨 소리야? 재밌겠다. 얘기해 줘."

아사쿠라는 눈을 반짝였다. 여자애들은 왜 괴담을 좋아

할까.

야마시타의 이야기를 듣는 아사쿠라의 얼굴에 점점 생기가 돌았다.

"지금 당장 사토라는 사람 집에 가 보자."

아사쿠라가 말했다.

"왜?" 내가 물었다.

"일단은 전화 목소리가 진짜 사토라는 사람이 맞는지 확인해야지. 확인도 안 해 보고 우리끼리 유령이니 뭐니 해 봤자 무슨 소용이야."

"그래도. 어떻게 확인할 건데?"

"그건 그 집에 간 다음에 생각하면 되지."

아사쿠라는 내 얼굴을 보며 생긋 웃었다.

"어머, 혹시 고바야시 너, 유령이 건 전화일지도 모른다니까 무서워서 그래?"

그러자 야마시타도 같이 싱글싱글 웃기 시작했다.

"뭐, 뭐라고? 무슨 말도 안 되는 소리를 하냐! 그럴 리 없잖아!"

"안 무서우면 같이 가자."

"안 무섭거든! 좋아. 알았어. 가면 되잖아. 흥! 너희야말로 도망치지 마라."

당당하게 가슴을 펴고 걷기 시작했으나 가슴은 콩닥거
렸다. 아, 일이 커져 버렸네.

———
4

꽃집 아저씨가 알려 준 덕분에 사토라는 사람의 집을
금방 찾을 수 있었다. 주택가 안에 있는 하얀 2층 양옥으
로 현관 옆에 좁은 정원이 있었다.

아사쿠라가 기둥에 붙어 있는 인터폰을 눌렀지만 아무
반응이 없었다.

"아무도 없나 봐. 다시 오는 게 좋겠어."

아사쿠라와 야마시타는 내 말에 아랑곳하지 않고 열심
히 집 안을 들여다봤다.

"앗! 저거 봐."

아사쿠라가 정원을 가리켰다. 유리문 옆에 붉은 꽃이
핀 화분이 하나 놓여 있었다.

"저거 제라늄이야."

"어? 진짜?"

절로 목소리가 커졌다. 그때 아사쿠라와 야마시타가 멋대로 문을 열고 정원에 들어갔다.

"야, 그러면 안 돼!"

말은 그렇게 했으나 나도 어쩔 수 없이 둘의 뒤를 따랐다.

우리는 나란히 서서 그 화분을 내려다봤다. 붉은 꽃잎에 반점이 있는 잎이 달려 있다. 사전에서 본 그대로다.

"진짜로 유령이 건 전화였나?"

"그럴 리가. 이 세상에 유령 같은 건 없어."

내가 소리쳤을 때였다.

"우리 엄마 꽃에 손대지 마!"

뒤에서 목소리가 들렸다.

우리는 일제히 돌아봤다. 초등학교 3학년쯤 되는 꼬마가 축구공을 들고 서서 무시무시한 눈으로 우리를 노려봤다.

"너, 여기 사니?"

아사쿠라가 상냥한 목소리로 물었다. 꼬마는 부루퉁한 표정 그대로 고개를 끄덕였다.

"그러면 이거 누구 목소리인 줄 알아?"

그렇게 말하고 야마시타에게 신호를 보냈다. 야마시타
가 테이프리코더의 버튼을 눌렀다.

여자의 목소리가 흘러나왔다. 동시에 꼬마가 갑자기 울
상을 지었다.

"엄마야. 우리 엄마 목소리야."

"역시……."

야마시타가 나를 봤다. 역시 유령이 맞다고 하려는 것
일 테다.

꼬마는 우리 얼굴을 둘러봤다.

"그게 뭐야? 왜 우리 엄마 목소리가 나오는 테이프를
갖고 있어?"

"왜냐고 물어도 해 줄 말이 없어. 그걸 몰라서 답답하
니까."

야마시타가 머리를 긁적였다.

"얘, 이 목소리 정말 너네 엄마 목소리야?"

아사쿠라가 다시 물었다. 꼬마는 고개를 크게 끄덕였다.

"맞아. 확실해. 그날, 정말로 카레였어."

"그날이라니?"

"그러니까…… 우리 엄마가 죽은 날."

꼬마는 고개를 떨구더니 훌쩍훌쩍 울기 시작했다.

"유령 말고는 설명이 안 되잖아. 틀림없이 죽기 전에 만든 카레가 걱정돼서 전화한 거야."

야마시타가 내 귀에 대고 속삭이듯 말했다.

나는 화난 표정을 지었다.

"웃기지 마! 그런 일이 가능할 리 없잖아!"

그렇게 대꾸했지만 속에서는 심장이 마구 두근거렸다.

"그래? 카레 만든 날 엄마가 돌아가셨구나. 그런데 그 날 엄마가 전화는 하지 않으셨어?"

아사쿠라가 질문했다.

"안 했어." 꼬마가 울며 대답했다.

"흠, 그렇게 된 거였구나. 이제 알았다."

아사쿠라는 팔짱을 끼고 추리 드라마의 탐정처럼 검지와 엄지로 턱을 쓰다듬었다. 그러고는 여러 차례 고개를 끄덕였다.

"뭐야? 뭘 알았는데?"

나는 못마땅해하며 물었다.

"유령의 정체. 그런데 확인할 게 더 있어. 얘, 너네 집 전화번호 좀 알려 줘."

아사쿠라가 꼬마에게 말했다.

꼬마는 우물쭈물 번호를 댔다. ××××-6996이라는 번호였다. 아사쿠라는 가방에서 노트와 샤프를 꺼내서 받아 적었다.

"그건 왜 물어봐?"

아사쿠라는 생긋 웃고 콧방울을 부풀렸다.

"이게 큰 단서가 될 거야. 자, 가자."

"가다니? 어딜?"

"당연히 너네 집이지."

아사쿠라는 재빨리 걷기 시작했다. 영문도 모른 채 나와 야마시타는 그 뒤를 쫓았다.

다음 날인 월요일 학교에 도착하자마자 교실을 둘러봤다. 창가 앞에서 세 번째 자리에 모리모토라는 녀석이 앉아 있다. 평소 그다지 눈에 띄지 않지만 공부는 꽤 잘하는 애다.

모리모토의 책상 옆에 섰다.

"야, 모리모토."

"왜?"

모리모토가 나를 올려다봤다.

"네가 장난 전화 했지?"

다그치자마자 모리모토는 당황한 얼굴이 되었다. 그럼에도 시치미를 뗐다.

"무슨 소리 하는지 모르겠네."

"얼버무릴 생각하지 마. 네가 그런 거 다 알아. 솔직히 말해."

"몰라서 모른다고 하는데, 왜 이상한 소리를 해?"

목소리가 커지는 바람에 반 애들이 모여들기 시작했다. 아마도 싸우는 줄 알았을 것이다.

"모리모토, 솔직히 말하면 화 안 낼게. 아니, 사실이라면 가만있지 않았겠지만, 이번만 특별히 넘어가 줄게. 대신 부탁이 있어."

그때까지 부루퉁한 얼굴로 고개를 돌리고 있던 모리모토가 의아한 표정을 지었다.

내가 말을 이었다.

"네가 갖고 있는 테이프 내놔. 갖고 있어 봤자 너한텐 필요 없잖아. 그보다 평생 보물처럼 여길 사람에게 주는 게 좋지 않겠어?"

모리모토는 살짝 의심스러워하면서도 물었다.

"무슨 뜻이야?"

"그 여자분 너네 집 전화에 메시지 남긴 다음에 교통사고로 돌아가셨대."

"뭐……."

"그러니까 그분 가족에게는 마지막 목소리라고."

모리모토는 진심으로 놀란 듯했다. 흥분해서 살짝 붉어졌던 얼굴이 아주 빠른 속도로 창백해졌다.

"진짜?"

"진짜. 테이프 어디 있어?"

"집에…… 집에 있어."

"그 여자분 목소리 아직 안 지웠지?"

"응, 안 지웠어."

모리모토는 살짝 고개를 끄덕였다.

"아! 다행이다." 동시에 바로 옆에서 목소리가 들렸다.

아사쿠라 도모미가 가슴 앞에서 두 손을 꼭 맞잡고 있었다.

5

목소리의 주인공은 자기 집에 전화하려다가 번호를 잘못 눌렀을 것이다. 만약 그 집에 누가 있었다면 잘못 걸린 전화라는 걸 알았을 텐데 하필 아무도 없어서 부재중 전화로 넘어갔다. 여자는 자기 집이라 착각하고 메시지를 녹음했다.

그런데 목소리를 들은 범인은 장난칠 생각부터 했다. 여기저기 전화를 걸어 부재중 메시지를 틀어 댔다. 거기에 걸려든 사람이 나와 야마시타였다.

이 단계까지 오자 범인을 추리하는 건 어렵지 않았다. 사토네 집 전화번호는 ××××-6996이었으므로 비슷한 전화번호를 찾으면 됐다. 장난 전화에 당한 사람이 우리 반 애들이니 범인도 틀림없이 우리 반 애일 것이라 짐작하고 연락망을 살펴봤다. 그랬더니 모리모토의 집이 같은 국번의 6696이었다. 그리하여 모리모토가 범인임을 알아냈다. 다만 그 추리를 내가 아닌 아사쿠라가 해냈다는 게 김샐 뿐이다. 뭐, 그럴 때도 있는 법이지.

방과 후 모리모토에게 테이프를 받아 아사쿠라, 야마시타와 함께 꼬마네 집에 갔다. 미리 연락을 해 둔 터라 집에서 꼬마와 꼬마네 아버지가 기다리고 있었다. 꼬마의 이름은 사토 노리히코인데 꼬마라는 호칭만으로 충분하다.

우리는 두 사람 앞에서 테이프를 틀었다. 흘러나온 목소리는 우리가 원래 가지고 있던 테이프의 목소리보다 훨씬 선명했다.

"그래, 엄마 목소리가 맞네."

아저씨는 뭔가를 참는 듯한 목소리로 말하며 꼬마의 어깨를 흔들었다.

"응, 엄마 목소리야."

꼬마는 힘차게 대답했다.

테이프를 꺼내 아저씨에게 내밀었다.

"이거 드릴게요. 우리한텐 필요 없는 거니까요."

"고맙구나. 이런 식으로 아내의 마지막 목소리를 들을 줄은 몰랐네. 이건 우리 집 보물이나 마찬가지야."

아저씨는 테이프를 받아 들고 수없이 고개를 숙였다.

아저씨 말로는 꼬마의 어머니가 일주일에 한 번 할아

버지 병문안을 갔다고 한다. 그런데 지난주에 병문안을 갔다가 돌아오는 길에 트럭에 치이고 말았다. 아마 시간이 늦어서 서둘렀을 거라고 아저씨는 말했다.

아저씨와 꼬마는 우리를 배웅하러 집 밖까지 나왔다.

꼬마의 손에 물통이 들려 있었다. 뭘 하는 건가 싶었는데 꼬마가 제라늄에 물을 주었다.

그 모습을 보고 하마터면 울 뻔했다. 엄마를 소중히 여겨야겠다는 생각이 들었다.

야마시타, 아사쿠라와 헤어져 곧장 집으로 돌아왔다.

엄마는 부엌에 있었다.

"엄마."

뒤에서 엄마를 불러 봤다.

"계속 건강하게 있어야 돼."

엄마가 틀림없이 감동할 줄 알았다. 그런데 결과는 정반대였다.

"류타! 지금까지 어딜 쏘다니다 온 거야? 선생님이 전화하셨다. 너 또 빵점 받았다며. 내가 진짜 못 살아. 얼른 공부나 해!"

엄마는 귀신 같은 얼굴로 호통을 쳤다.

너무 놀라 도망치듯 자리를 떴다. 아, 됐다, 됐어. 내 옆에 있어 주기만 하면 행복한 거지.

그래도 조금만 더 상냥하면 안 될까?

청춘물과 하드보일드의 완벽한 조합

호소야 마사미쓰(문예 평론가)

이제는 요지부동의 인기 작가가 되었으니 솔직하게 털어놓는데, 예전에 히가시노 게이고라는 작가에 대해 '일곱 가지 변화구를 가졌으나 결정구가 없는 투수' 같은 이미지를 품고 있었다. 팬들의 뭇매를 맞기 전에 그 이유에 대해 성심껏 해명해 보려 한다.

일곱 가지 변화구란 다채로운 작풍을 빗대어 한 말이다. 1985년 학원 미스터리 『방과 후』로 제31회 에도가와 란포상을 받은 히가시노 게이고는 추리, 스포츠, SF, 모험, 패러디, 유머 등 미스터리를 중심으로 온갖 장르에 도전했다. 항상 한 가지 지점에 머물지 않는다는 점은 작가로서 훌륭한 자세다. 그러나 한편으로는 다채로운 작품이 작가의 고유 이미지를 형성하는 데 걸림돌이 되었다. 물론 『조인계획』(1989년), 『분신』(1993년) 같은 수작도 있으나 이들을 결정구, 그러니까 대표작이라고 부르는 게 망설여졌다. 왜냐하면 그 외에도 재미있는 작품이 너무 많았기 때문이다. 아이러니하게도 다채로운 작품 스펙트럼과 모든 작품이 높은 수준이라는 사실이 결정구가 없는 작가라는 인상을 준 것이다.

괜한 참견일지 모르나 '히가시노 게이고 하면 이거다!' 싶은, 만장일치의 대표작을 써 줬으면 하는 바람이 있었다. 그런데 이는 한심한 소인의 좁은 소견이었다. 작가의 그릇은 훨씬 더 컸다. 『비밀』(1998년)의 성공과 뒤를 이은 『백야행』(1999년)의 출간으로 히가시노 게이고는 일곱 가지 변화구를 다 결정구로 장착한 괴물 투수, 아니 작가로 변신했다. 그런 작가에게 청춘 미스터리라는 새로운 변화구가 더해졌다. 『비정근』이 바로 그것이다. 『비정근』은 학습연구사의 학습 잡지 「5학년의 학습」과 「6학년의 학습」에 연재한 시리즈 작품에 대대적인 가필 수정을 가한 문고판이다. 이 책 뒷부분의 참고 부분을 보면 알 수 있듯 시리즈가 완결된 지 4년 후에 한 권의 책으로 재탄생했다. 다양한 사정으로 말미암아 책으로 묶는 일이 늦어졌는데 마침내 출간되다니 크게 축하할 일이 아닐 수 없다.

각 작품을 설명하기 전에 주인공부터 소개한다. 주인공 '나'는 스물다섯 살 남성이다. 미스터리 작가 지망생으로 응모 원고를 집필할 시간을 확보하기 위해 초등학교에서 비상근 교사로 일하고 있다. 냉정한 성격의 소유자이며 아이들을 대할 때도 마찬가지다. 중요한 점은 이름이 나오지 않는다는 것이다. 이름 없는 사립 탐정이 아니라 이름 없는 비상근 교사다.

미스터리 마니아라면 주인공의 이름이 나오지 않는 시점에서 눈치챘을 것이다. 그렇다. 이 책의 기본 바탕은 하드보일드다. 한 마을(초등학교)에 외부인(비상근 교사)이 등장해 문제를 해결하고 사라진다는 패턴이 하드보일드의 원형인 서부극과 닮아 있다. 그런데 청춘물에서 굳이 하드보일드를 시도한 이유가 뭘까. 더군다나 청춘물과 하드보일드는 물과 기름 같은 관계인데 말이다. 이 둘의 조합에 어떤 노림수가 있는지에 관해서는 추후에 다시 설명하기로 하고 일단 첫 작품 「6×3」부터 얘기해 보자.

출산 휴가를 간 교사 대신 이치몬지 초등학교 5학년
2반 담임이 된 '나'는 부임한 다음 날 체육관에서 동료 교
사의 시신을 발견한다. 그 옆에는 점수판용 숫자와 홍·
백 깃발로 「6×3」이라는 다잉 메시지가 남겨져 있다. 자
신과 관련 없는 사건이라 생각했지만 체육관의 체육용품
이 망가져 있었다는 점과 맡은 반의 왕따 문제를 통해 의
외의 사실을 알아낸다. 작가는 살인 사건으로 요란하고도
갑작스럽게 막을 여는 동시에, 피해자가 남긴 다잉 메시지
를 통해 미스터리 장인으로서의 안목을 드러낸다. 독자들
은 다잉 메시지와 관련된 소박한 의문—왜 범인의 이름을
쓰지 않고 굳이 암호 같은 메시지를 남겼을까—을 품는다.
이 의문에 작가는 실로 명쾌한 해답을 준비했다. 또 사건
해결과 왕따 문제 해결이 맞물려 있다는 점도 영리하다.
사건과 주인공의 언행을 통해 강요하지 않는 방식으로 던
져지는 메시지 역시 작품의 특징이자 볼거리다.

제2장 「1/64」에서는 니카이도 초등학교에서 일어난
도난 사건으로 아이들의 비밀이 드러난다. 한 집단이 품
은 비밀이라는, 미스터리 소설에서 종종 등장하는 아이디
어를 '학급'이라는 단위에서 그려 냈다는 점이 이 작품의

핵심이다.

제3장 「10×5+5+1」에서는 미쓰바 초등학교 5학년 3반 담임이 된 주인공이 전 담임의 죽음 뒤에 숨겨진 진실을 밝혀낸다. 이상하리만치 얌전한 아이들, 칠판에 남겨진 의문의 수식, 추락사한 교사의 불가사의한 행동 등 관계없는 것 같던 사실의 조각이 모여 사건의 이면이 드러난다.

제4장 「몰 콘」은 시키 초등학교 6학년 2반 담임으로 부임한 주인공이 투신자살을 시도하려는 학생을 돕고 학급에서 유행하는 '몰 콘'의 비밀을 쫓는다는 내용이다. 실제로 아이들 사이에서 유행한다고 해도 전혀 괴리감이 없을 '몰 콘'이라는 발상이 일품이다. 더 주목하고 싶은 점은 마지막에 주인공이 학생들에게 하는 말이다.

"사람이란 말이야. 당연히 누군가를 좋아하고 싫어해. 하지만 확실한 한 가지는 사람을 좋아해서 얻는 건 많지만 싫어해서 얻는 건 거의 없다는 사실이야. 그렇다면 군이 사람을 미워할 필요가 없지."

'거의'라는 단어에서 주인공, 그리고 작가의 성실함이 느껴진다. 거의 없다는 말은 희박하게나마 있다는 소리다. 다만 요즘 6학년 학생이라면 '거의'가 아니라 '절대'라고 반박했을 것이다. 그러나 작가는 세상에 '절대'는 없으며, 세상에는 모순과 악덕이 곳곳에 존재한다는 사실을 알고 있다. 그렇기에 어른으로서 현실을 이해하고 아이들에게 성실하게 이상에 대해 알려 준다. 이 현실과 이상의 격차가 '거의'라는 단어에 담겨 있는 게 아닐까.

제5장 「무토타토」에서는 고린 초등학교에서 일어난 협박 편지 소동이 그려진다. 한 차례 비틀어진 범인 설정과 아이의 마음을 훌륭하게 잡아 낸 동기가 실로 대단하다. 상황은 다르더라도 범인과 같은 절망을 경험한 사람들이 적지 않으리라 생각한다.

마지막 「신의 물」에서는 롯가쿠 초등학교에서 일어난 비소 물 페트병 사건을 주인공이 멋지게 해결한다. 이처럼 이치몬지 초등학교에서 시작된 이야기는 롯가쿠 초등학교에서 막을 내린다. 1에서 시작해 6으로 끝나는 장난스러움이 심어져 있는 점 또한 너무나 히가시노 게이고답다(1장부터 6장까지 등장하는 초등학교의 이름이 일본어 숫자 1~6으로 시작됨 - 편집자 주). 이 작품에서 주목하고 싶은 점은 주인공의 대사다. 사건을 해결한 후 한 가지 의문을 던지는 아이들에게 주인공은 짧게 대답한다.

"그래서 세상이 이 모양이란다."

초등학생에게는 너무나 하드보일드한 대사다. 그러나 하드보일드한 주인공이기에 아이들에게 현실을 솔직하게 전할 수 있다. 아이와 진심으로 대화하려면 이런 주인공 설정이 필요하다. 왜 청춘물에서 하드보일드인가. 그 대답은 여기에 있다.

한편, 이 책에는 고바야시 류타라는 초등학생을 주인공으로 한 「방화범을 찾아라!」와 「유령이 건 전화」도 실려 있다. 류타가 방화범의 교활한 트릭을 간파하는 「방화범을 찾아라!」, 죽은 사람에게서 걸려 온 부재중 전화의 미스터리가 감동적인 이야기로 승화되는 「유령이 건 전화」는 느낌이 전혀 다르나 둘 다 묵직한 울림이 있는 작품이다. 이 책에 실린 일종의 히든 트랙으로 즐기길 바란다.

사족일 수 있으나 마지막으로 한마디 더 보탠다. 「비정근」 시리즈는 발표 당시 학생들이 보는 잡지에 살인과 불륜을 소재로 한 작품이 웬 말이냐며 학부모회의 항의를 받았다고 한다. 정말 바보 같은 소리다. 핵심은 살인이나 불륜이 아니라 그것이 어떻게 다뤄지고 있느냐다. 즉,

이야기를 통해 무엇이 옳고 무엇이 그른지를 아이들에게 제시한다는 점이 중요하다. 새삼 언급하지만 이 책은 그 핵심을 잘 잡은, 그야말로 양질의 청춘물이다. 어른, 아이 상관없이 한 사람이라도 더 읽어 보기를 바란다.

작은 신들에게 내던져진
비정한 탐정

천사 같은 아이들이라는 표현이 있다. 그러나 막상 교단에 서는 사람들은 때로 아이들을 악마 같다고도 표현한다(불경한 생각이라 탓할 이도 있겠으나). 그렇다. 아이들은 천사이자 악마다. 천진난만하고 누구보다 민감한 감성을 지녔으나, 한편으로는 누구보다 잔인하고 이기적일 때가 있다.

이는 그리스·로마 신화에 나오는 올림포스 신들의 특성과도 일맥상통한다. 학교란 어쩌면 짓궂은 신들을 인간화시키는 장소일지 모르겠다. 그러니 교사라는 신분은 이 신들을 모시며 인간의 규칙을 하나하나 정성껏 가르쳐야 하는 사람일 터다. 그런데 여기에 불규칙 바운드가 하나 날아든다. 늘 아이들을 믿고 애정을 다하는 교사의 이미지와는 정반대에 선 비정하기 이를 데 없는, 아이들에게 무관심한, 돈벌이의 수단으로 교사라는 일을 택한 비상근 교사가 등장하는 것이다.

천진난만하고 날카로운 감성으로 온갖 사고를 칠 준비를 끝낸 아이들 앞에 비정한 교사가 나타나자마자 살인 사건이 터진다. 아니, 무슨 초등학교에서 살인 사건이 일어나냐고 비웃는 독자도 있을지 모른다. 그런데 정말 처음부터 사람이 칼에 찔려 죽어 있다. 이게 바로 히가시노 게이고다. 작가는 절대 상상할 수 없는 일을 천연덕스럽게 뜻밖의 장소에 배치하고 이래도 읽어 보지 않을 거냐고 우리를 도발한다.

『비정근』은 학교 이름에 1, 2, 3, 4, 5, 6이 들어가는 초등학교를 배경으로 여섯 가지의 사건이 펼쳐지는 단편집이다. 살인, 도박, 갈취, 괴롭힘, 따돌림, 협박, 자살 기도 등 추리 소설에 나오는 온갖 소재가 등장함에도 대단하고 거대한 음모는 없다. 왜 그렇지 않겠는가. 무대가 초등학교이니 말이다.

혹자는 이게 다 무슨 소리인가 의아해할지도 모른다. 초등학교가 무대인데 살인을 비롯한 각종 사건이 등장하면서도 거대하고 대단한 건 없다? 앞뒤가 안 맞는 것 아닌가? 틀린 말은 아니다. 앞뒤가 안 맞는게 사실이니까. 그런데 정반대로 앞뒤가 맞기도 하다. 이 뒤틀린 퍼즐을 맞추는 데 꼭 필요한 조각은 바로 작은 신들인 아이들이다. 아이들이기에 생각할 수 있고 벌일 수 있는 일들이 사건을 뒤틀고 복잡하게 만들면, 이 작은 신들을 비정하게 바라보는 시선이 얽힌 실타래를 풀어낸다.

일련의 사건 해결 과정에서 피가 튀기지는 않으나 팽팽한 긴장감이 흐른다. 그런데 그 끝이 이상하게도 따뜻하다. 비정한 비상근 교사가 전혀 비정하게 느껴지지 않는다. 오히려 아이들에게 가장 많은 애정을 품은 사람처럼 보이기까지 한다.

"설사 상대가 아이들이더라도 믿지 않는다고 솔직히 말하는 게 의미 없이 믿는 척하는 것보다 훨씬 건강에 좋아요. 정신 건강에도."

이런 말을 날리며 자기 반 아이를 거침없이 의심하는

교사이지만 그 안에는 세심한 관찰과 배려가 있다.

깊은 곳에 불신을 품고 겉으로만 믿는 척하는 교사와 부모보다, 친절함을 내세우지만 사실은 권위와 사회에 복종시키려고 하는 어른들보다, 냉정하고 예리한 관찰로 아이들의 상황과 심리를 파악하고 곤란에 처했을 때 적절한 해결책과 도움의 손길을 내미는 비정한 교사가 더 훌륭한 어른이 아닐까.

참고

연재

- 「비정근」
- 「5학년의 학습」: 학습연구사(이하 동일) 1997년 5호~1998년 3호
- 「6학년의 학습」: 1998년 5호 ~ 1999년 3호
- 「방화범을 찾아라!」
- 「학습·과학 5학년의 읽을거리 특집(하)」: 1994년 1월
- 「유령이 건 전화」
- 「학습·과학 6학년의 읽을거리 특집(상)」: 1995년 7월

*이 책은 문고 오리지널로 문고판에 맞춰 가필했습니다.

비정근

1판 1쇄 발행 2024년 12월 24일
1판 2쇄 발행 2025년 2월 18일

지은이   히가시노 게이고
옮긴이   민경욱
발행인   황민호

본부장   박정훈
책임편집   최경민
기획편집   김선림 신주식 윤혜림
마케팅   조안나 이유진
국제판권   이주은 정유정
제작   최택순 성시원

발행처   대원씨아이㈜
주소   서울특별시 용산구 한강대로15길 9-12
전화   (02)2071-2019
팩스   (02)749-2105
등록   제3-563호
등록일자   1992년 5월 11일

www.dwci.co.kr

ISBN 979-11-423-0382-1 03830